火焰化石（上）

——穿越热寂的爱

侯科昌 著

线装书局

图书在版编目（CIP）数据

火焰化石：全2册 / 侯科昌著. -- 北京：线装书局，2023.1
　　ISBN 978-7-5120-5127-0

Ⅰ．①火… Ⅱ．①侯… Ⅲ．①诗集－中国－当代 Ⅳ．①I227

中国版本图书馆 CIP 数据核字（2022）第 162783 号

火焰化石
HUOYAN HUASHI

著　　者：侯科昌
责任编辑：姚　欣
出版发行：线裝書局
　　　　　地　址：北京市丰台区方庄日月天地大厦 B 座 17 层（100078）
　　　　　电　话：010-58077126（发行部）010-58076938（总编室）
　　　　　网　址：www.zgxzsj.com
经　　销：新华书店
印　　制：成都市兴雅致印务有限责任公司
开　　本：880mm×1230mm　1/32
印　　张：15.5
字　　数：362 千字
版　　次：2023 年 1 月第 1 版第 1 次印刷
印　　数：0001—1000 册

线装书局官方微信

定　　价：88.00 元（全 2 册）

谨以此书献给：我深爱的母亲和我亲爱的妻子

序言

侯君科昌诗集《火焰化石》即将出版，可喜可贺，邀我作序，实乃受之有愧。自古为他人作品作序者，多是成名已久、文坛德高望重之人。自己虽然浸淫文字多年，也只是圈子之外的文学爱好者，恐累及侯君，便极力拒绝。然侯君立场之坚定，似不容推却，便不得不作这一篇文字。

侯君之迫切，使我没有过多的时间将每一首诗歌细细读完，或者仔细品味，在几天之内，也只是浏览概观，因此所写未必中意，也未必真能理解侯君诗歌艺术的真境，所以姑且妄言之了。

自古以来，诗歌被认为是文学艺术之至，最能代表艺术的本质的门类。随着现代诗歌的产生，诗歌的取材、表达等已经完全多样化了，过去那种拘于一家之言而统领天下的局面似已不见。诗歌应该是多元化地表达人的心声，不管是古代的、现代的模式，概不重要。重要的是诗人表达了什么，怎样表达的。

观侯君的诗歌，大多围绕着爱情、亲情等来写，其中不乏社会生活的真实反映，以及对人生、历史、现实的反思与思考，甚至这些思考带了些愤世嫉俗的色彩，其中也不乏锦句。如，独立尊严地活着/什么时候死都值//爱不是等，是无言生长//满屋子邮差没有一个/能送达一声深重叹息//亲爱的，今夜我是你唯一听众/用我微弱的心跳谨慎赞美你/轻轻抚慰你孤寂的琴弦。这样的令人耳目一新的诗句还很多，就不在这里一一列举了。

对人生、现实的观察和思考以及表达，实际上是从古到今的伟大诗歌的优良传统。从屈原起一直到李白、杜甫，再到现代文学史上的诸多诗人，无不如此。侯君的诗歌是这个伟大传统中的一脉。

　　而更令我赞赏的，却是诗歌中爆发出蓬勃的赤子真情。这种真情之真挚、深刻、深厚，在我所读到的其他当代诗歌中甚难觅到，尤其是其抒写爱情的篇章，情感充沛、热烈甚至激烈，令人感动。很容易使我联想到汤显祖曾经在《牡丹亭》的题记中写到的："情不知所起，一往而深，生者可以死，死可以生。生而不可与死，死而不可复生者，皆非情之至也。"不仅如此，纵观侯君所有诗歌，大多带有这样的情感特色。可以说，这种真挚之情是其诗歌的最大特色。

　　这种真挚之情也就是赤子之心，颇像李贽之"童心"，即一念之本心。具此童心者，其人必真，其情必真，侯君其人正是如此。侯君能在当今现实环境之下，沉浮商海而能坚持一己之好，一己之真，数十年追求不已，已经是难能可贵的了。尽管侯君诗歌在语言方面的艺术性可能有所不足，但已经微不足道了。

　　如果还有一场爱恋降临，侯君一定会迎难而上，并爆发出火山般的烈焰，他有足够的自信和激情，这种爱之真、爱之切、爱之烈，恰如其诗，也正如其人。当然，年轻时收获挚爱芳心的侯君，夫复何求？那就让我祝愿侯君凭此真挚热情在他热爱的诗歌领域创作出更多的佳作吧！

　　古人说巾短情长，侯君之诗蕴含乃大，寄意犹深，恐千字文尚难道尽，唯恐言不能逮意，有违侯君盛情，今成此文，不在意见笑于大方之家，侯君是瞻则可。

寒　鸦

2021年4月30日

目录
CONTENTS

老槐树 _ 001

送别奶奶 _ 002

四月夜 _ 003

第一缕乡愁 _ 004

诵闲传 _ 005

冰　日 _ 006

日落印象 _ 007

青　春 _ 008

永失我爱 _ 009

别了，亲爱的朋友 _ 010

火焰化石 _ 011

当生命春天来临 _ 012

风吹过 _ 014

爱　情 _ 015

风中少女 _ 016

吻　别　_ 018

风落秋寒　_ 019

星空多么广袤深邃　_ 020

爱在深秋　_ 021

箭　_ 022

玉兰花开　_ 023

前世黄昏　_ 024

深陷彼此相爱的旋涡里　_ 025

清　白　_ 026

写给我亲爱的孩子　_ 028

祖传玉环　_ 029

祝　福　_ 031

乡愁解药　_ 032

悲欣交集　_ 034

山野幽居　_ 035

楞娃的华阴老腔　_ 037

少年如云　_ 038

业余非著名诗人　_ 040

莉莉马莲酒吧里的魏晋青年　_ 041

时　光　_ 042

要活得浓烈过瘾　_ 044

致Miss H.　_ 045

太白山之恋　_ 047

山　行　_ 048

爱，拼命才能活　_ 050

诗意生命　_ 052

故　乡　_ 053

只因爱，心有不甘（同题二首）　_ 054

父　爱　_ 057

小镇梦居　_ 058

诗　人　_ 060

谷　雨　_ 061

失意故乡　_ 062

群星灿烂　_ 063

大雪封山　_ 065

四月村庄的孩子　_ 066

母　亲　_ 067

小野花　_ 070

用生命去流浪　_ 071

我的兄弟时间　_ 072

爱，在风中　_ 073

母亲的竹椅　_ 075

春　事　_ 076

草　原　_ 077

祖先挂在墙上的镰刀　_ 078

无问东西　_ 079

过峨堡古城　_ 080

我渴望的生活　_ 081

西宁的表哥来了　　_ 082

海滨飞驰的黑骏马　　_ 083

永不屈服　_ 084

逆光生长　_ 086

生活禅　_ 087

在孤独里泡大的少年　_ 088

日　落　_ 090

生命之旅须自带光芒　_ 091

穿越渴望　_ 093

来看海的人　_ 095

如果爱,失去了耐心　_ 097

雪域佳音　_ 098

追梦少年　_ 099

清　晨　_ 100

西农路的白杨树　_ 103

时　间　_ 104

忧　伤　_ 106

后　河　_ 108

雪夜山行　_ 109

平平常常的日子　_ 110

深圳,凭什么　_ 111

故　乡　_ 114

清　明　_ 115

清明节　_ 116

万籁俱寂 _ 117

倾 听 _ 118

听 雨 _ 121

时间缝隙里的秘密 _ 122

光与爱欲 _ 124

太平洋的风 _ 125

梦回唐朝 _ 127

纪念挚友王莎的父亲 _ 129

你只能遇见你必须遇见的人 _ 130

群星陨落 _ 131

一个人不会失去未曾拥有的 _ 132

尾 声 _ 134

暴风雨 _ 135

清 晨 _ 136

世外高人 _ 138

深圳湾霞光 _ 139

蜻 蜓 _ 140

我喜欢这样的日子 _ 142

灵魂似风 _ 144

眼 泪 _ 146

画的隐喻 _ 147

半岛黎明 _ 148

秋分的海湾 _ 150

我心所深爱之祖国 _ 152

没有哪一场雨水能让一粒种子泡汤　_ 155

海上人生　_ 156

快　乐　_ 158

大海、沙漠和爱情　_ 159

西　迁　_ 160

诗　境　_ 165

稚子三题　_ 167

爱的盛宴　_ 170

西　安　_ 173

想飞的鱼　_ 175

新年贺信　_ 176

少年故乡　_ 180

少年日记　_ 182

深圳爱情　_ 185

宁静的日子里　_ 186

苍　鹰　_ 187

赤子之爱　_ 188

光的追问　_ 190

口罩文明　_ 191

爱情青花瓷　_ 192

这个春天　_ 193

诗经国风　_ 194

木　棉　_ 195

爱情是一个人自己的事情　_ 196

贸　经 _ 198

后　浪 _ 200

诗　注 _ 202

寒　夜 _ 202

阳光明媚的早晨 _ 212

立春日抒怀 _ 213

爱的短章 _ 214

雨　水 _ 216

端　午 _ 218

跨海大桥 _ 219

敦　煌 _ 221

费尔南多·佩索阿 _ 223

爱的断章 _ 224

奇　迹 _ 227

当你老了 _ 228

秋 _ 229

秋日玫瑰 _ 230

雨 _ 231

湖滨漫步 _ 232

沧桑之河 _ 234

暮　春 _ 236

午后我坐在海上世界写诗 _ 238

祝你平安夜勇敢 _ 239

在孤独中永生 _ 241

壹间公寓窗口的猫　_ 242

一条流过春天的河流　_ 244

无风听雨　_ 245

生长的力量　_ 246

老槐树

晚霞拍动金翼远去
寒星闪烁,秋虫悲鸣
吹着清凉的夜风
我飘到村口的老槐树下

那是麦穗灌浆时节
空气中灿烂着槐花香甜
月光从花叶间洒下
五月的村庄进入梦乡

纺车古老的声音温柔
是花影婆娑里的摇篮曲
天亮,等爬上你歪脖
小鸟钻进夏的巨大浓荫

你多快意,枝摇叶晃
像我童年得意的光脚丫
树下一双忧恐的眼
泪花犹闪在往昔时光里

老槐树仍在寒夜叹息

生离死别是长大的代价吗
春暖花开后燕子归来
童年却一去再不回来

1987年1月

送别奶奶
——写在奶奶弥留之际

孤立深秋旷野
惊视天边涌动着的黑夜
大地颤抖着看向远方
手捧一枚辞枝的落叶

寒风栖落在寂寥田野
暮霭追着归鸟疾飞
残阳默默一瞥，隐没了
沉郁的寒烟奏起哀乐

虫鸣声弱，星火明灭
一切如梦似幻神秘莫测
黑色死神在天空狂笑
撞击我的灵魂猛烈震颤

啊！上苍，我的上苍
冥冥之中，果真有你吗
站出来！你——
请你撤销这残酷的裁判

1987年3月

四月夜

朗月游在薄薄的彩云间
夜风清凉的发丝无声飘曳
撩动着动情的大地
一望无际正抽穗的麦苗
把四月夜晚的田野
幻化成银光浮泛的海洋
啊！四月之夜
孕育生命与爱情的激情之夜
沉睡在童年梦幻曲里
像一片柔静而神秘的大海
听，谁在海滩上轻声细语
有母亲胸乳气息的甜美
麦田、村庄，这如水的月光
我明耀诗意生命的故乡

1988年5月

第一缕乡愁

第一缕乡愁
升起在母亲的坟头
厚厚的黄土
埋掉一颗童心的悠游

第一缕乡愁
长在奶奶的坟头
十月的风雪
枯落少年心头的悲愁

乡愁啊,乡愁
我的第一缕乡愁
在矮矮坟头
守着小沣河酸楚地流

抬头,是奶奶坟头
回头,是母亲的坟头
低头是一道绝情
黄土,把我隔在外头

颤抖着伸出手

紧紧抓起一把黄土
黄土啊,亲人
是我娘亲长眠的春秋

冷风静静栖身侧柏
在我泪眼凝视黄土的时候
苍白凄楚的心中
陡然升起第一缕乡愁

1988年8月

谝闲传

男人们活泛起来
越来越多的人
端着老碗蹲在老槐树下
吃晚饭,谝闲传
烩炒着各路传闻
高声大气地发表评述
争得面红耳赤
一个个在平日里表情
沉闷和麻木的灵魂
陡然变得机智、轻松
甚至带着几分幽默

一群山羊远远看着天边
烈焰翻腾的火烧云
咩叫着挤在村口暮色里

1989年5月

冰　日

太阳被冻成了一个象征
苍白，易碎，不可碰触
恍若隔世远梦，挂在天际

那拔节的麦苗锋芒毕露
和繁密后凋落金秋的霜叶
消失在冰冷岁月深处

雪地上只留下一行足迹
一行深深浅浅远去的足迹
走入一片苍翠的柏林

风栖在影子单薄的雪地上
一座雪覆草封的坟墓
寒鸦立在杨树光秃的树杪

凛风抚过死寂的田野
轻轻吻着冰冷的纸灰
时间用沉默撕碎了一切

1989年12月

日落印象

一

太阳是西山牧羊女
被夜幕吻得绯红了脸
矜持又娇羞
急忙忙躲向山后边

二

满脸红光,太阳
好一位矍铄的老人
倚在山口大路边
拄着树杖
望,对面山坡上
放风筝的牧童

三

太阳这个顽童
捡拾草叶上露珠
塞满衣服口袋
晚上睡觉
洒满天空深青色缎被上

月亮
他那慈和的母亲
弯腰弓背,一颗颗
从东捡到西
一直忙到天明
又把露珠还给草叶

1990年5月

青　春

是一个
难得舒展的微笑
是一颗
灼热淡漠的寒星
是一枚

霜落血红的枫叶
是一串
湿漉漉灰鸽低鸣
是一只
执着赴死的绿蛾
是一道
悬在梦里的彩虹
是一首
仓促口占的七律
是一次
迷梦之中的清醒

1991年9月

永失我爱

永失我爱，来不及向你承诺
也不容我囤积岁月去兑现
悲欣交集中，你走了
那一刻，静美的落叶飘在深秋
放心去你心心念念的地方
悲伤割断你留在尘世的深爱
祈祷出现亘古一次的奇迹
不敢去古雍州的灵山烧香

爱就长在我的心中
你从来不曾远离
每一次我忧伤的口哨划过天空
我就能确切感受得到
你给予的爱暖暖流遍了全身

1991年11月

别了，亲爱的朋友

题记：离开杨陵镇去西安上学。发小刘建全、刘晓钟和孟东峰在杨陵火车站相送。窗外陇海线上的四等小站笼罩在秋雨中，站台上朋友和雨中沉默的故乡让人思绪万千。车一晃，心一动，眼泪便唰唰地溢出来了。

别了，亲爱的朋友
我生命初程最重要的伙伴
不要如此沉重地望着我
来，像平日一样调侃
要不过来砸我两拳。我多想
留一个潇洒的笑脸
放一只白鸽子飞上灰色天空

点缀别后每一个灰暗的日子

我眼睛里蓄满了泪水
让我把这热泪洒在九月的故乡
渗进地下亲人的血液
汇入大地上生生不息的生命
血脉在春华秋实里绵延
伴着单枪匹马的我,去漂泊

不要这个季节的萧瑟风寒
也拒绝浮萍的怯懦茫然
在每一次思念涨潮的夜晚
会有一叶熟悉的轻舟
骑着猎猎长风,风尘仆仆
潜入万籁俱寂的故乡
我们将在月下故乡把酒言欢

1992年9月

火焰化石

爱是生命的火焰,没有它,一切变成黑夜。
——罗曼·罗兰

终于有一天
隔岸的我被湍流冲蚀成

一枚九等的星
在爱的烈焰腾起瞬间
被岁月深深埋入地下
沧海桑田，万劫之后
你已是千世轮回
我也裸露在你必经的路边
依然静静燃烧
直到你出现在一树
灼灼的桃花之下
春潮涌动，月的犁铧
翻开大地的胸膛
欣喜地望着你走来
又眼睁睁看着你离去
而你，始终没有
拾起这枚血色火焰化石

1993年12月

当生命春天来临

当生命春天来临
蒹葭楚楚渴望
红豆魂牵梦萦的相思
青鸟殷勤探看

怎抵你明眸一闪
惊心动魄
铺天盖地的秋水漫过
忽远忽近的距离
人心，阴晴圆缺
等候外星微弱的讯息
有，是无眠
无，更辗转
每个可望而不可即的日子
结满了撕裂的痛
爱上一个人
丢失了一个世界
心变得如此温柔脆弱
湖面柔和的春光
是最好的语言
最好的语言只能写在水面
眼看着爱从枝头掉落
捡不起的心事
像碎落一地的花瓣
阴差阳错的交流
传递着一错再错的讯息
失魂落魄的呆子
伶牙俐齿的傻子
成全了一个令人心痛的季节
我的心已经崩溃
不知道究竟怎样才算是
春天合适的距离

生命的芳华已轰轰烈烈
席卷岁月深处的永生之爱

1995年4月

风吹过

风吹过，你听
桃花飘落的声音
远处淡淡的山
山外远方一片湛蓝的海
浪花亲吻金色沙滩

风吹过，你看
北方葱绿的季节
捉摸不定的你
眼里是荒寒绝望的戈壁
渴望在绝望中灰飞

风吹过了啊
天空中飘零的枯叶
砸痛我酸楚的心
心上密密长满你的芳华
我只能沉默如风

最沉默的风啊
悲咽在你最美季节
只想和你一起
燃尽我生命的火焰化石
又在冷灰中重生

1995年6月

爱　情

这注定了的相逢
莫非是，闯入
春日煦阳里的嫩绿新芽儿
怯怯地站在曾经
枯叶凋落过的枝条上

一季纷飞冬雪
我们茫然落入童话世界
分分秒秒的煎熬
因为你，任人讥笑
我的风筝挂在春天树杪

爱，是致命的诱惑

我的心早已屈服爱神
隔着晨昏的秋水
隔着一次次的大雪封山
这颗心仍不住祈祷

爱,是不能停止
像呼吸,心痛着你的痛
一堆渐冷的灰烬
梦想着枯木逢春
高天长风哑然作答

所有脱口而出的誓言
沉默成无望的黑夜
你光焰万丈遮蔽了太阳
不论你收割与否
这一望的麦田已经金黄

1995年12月

风中少女

风中少女
离开后,花谢叶落
一株白玉兰

盛开在过火之后
死寂松软的黑色荒原

风中少女
从老窗前飘过
热浪里斜阳一个回眸
掀动窗棂上的风铃
摇醒满墙爬山虎

风中少女
留下了湿漉漉
一串灰色的忧伤鸽鸣
天低云暗
入夜后,大雪封山

风中少女
从梦里灿烂进冬夜
金色的血液徜徉在山川
火焰化石潸然泪下
独卧在深秋的野河滩

1996年10月

吻 别

只有驱遣人以高尚的方式相爱的那种爱神才是美,才值得颂扬。

——柏拉图

前面,大散关过去
继续向西就是
黄沙漫天的大漠了吧
大暑之夜,开往西域的
绿皮火车经此暂停
抛下一个孤独悲伤的包裹后
踩着两条泛着幽光的铁轨
一头扎进深沉夜色
两个背运的年轻人
在这凄楚绝望的夏夜各奔东西
站台迷梦般昏黄灯下
花瓣般零落了一地的狂吻
空气中耳鬓厮磨的缠绵
无声渗入狂热大地
破空一声凄厉的哀号追随汽笛
落入夜之幽深虚无
一枝玫瑰在此隐秘夏夜被雪藏
娇艳的芬芳喑哑后

天际一颗流星无声划过此后
无数个夏天滚烫的城市夜空
吻别后,缘分已尽,天各一方

1996年8月

风落秋寒

秋日的枯叶纷飞
风落秋寒,心有不甘
惊了失魂落魄人

晨昏随霜露狂舞
满地疯跑,天高云淡
一场延期的葬礼

没有什么大不了
枝叶分离,结满悲伤
寂灭在霜雪之下

以为熬过了冬夜
不治自愈,枯木逢春
又吹痛在春风里

1997年5月

星空多么广袤深邃

星空多么广袤深邃
你多么渺小可爱
浩瀚宇宙有无数耀眼的星辰
能照亮我的只是你
你明亮而优柔,驱散了
我的世界里无边黑暗
没有什么可以弥合
你的离去带给我的创伤
如果我的爱从未
绽放在你的世界尽头
你走吧!不要回头
让我孤独的灵魂
在你的身后继续我爱的燃烧
像一颗喑哑的白矮星
从无人瞩目的夜空慢慢消失

1997年9月

爱在深秋

秋风的凉爽,淡然与蕴藉
把我整个的心裸露在尘世之上
一棵正直的白杨枯叶凋零
饥渴地看着那个远去的背影

春天的蜜意和燃烧的夏季
一起消失在暮霭苍茫的天际
开始害怕在梦里的相遇
害怕触及冰峰之下寒漠的秋水

勇敢已经无法忍受如此煎熬
爱,需要一次悲伤的逃离
渴望着在无限接近死亡的大漠
用温柔的诗意把自己幽闭

等金黄火红的落叶随水漂离
等着一片凋零在深秋的心
孤零零飘在铺满寒霜的月影里
像我忧伤的口哨飘在你梦中

1997年9月

注:蕴藉,这里指藏在其内,隐藏而不外露的禀赋与气质。

箭

灵魂挣脱地心引力
陷入光的诱惑
一支生命之箭射出前
弓,已无法选择
爱与自由
是出发的全部理由

一段美妙飞行时光
黯然落入大地
你采摘了我金色的爱情
深秋荒凉的田野
瑟瑟在时光深处
你美如彩蝶,飘然而去

带着靶心飞翔吧
困于绮梦的迷茫囚徒
听,风都带着金属的质感
自由而尊严地呼啸
那些唾手可得的快乐
无法激起你内心渴望

1998年9月

玉兰花开

那时,正当花季
群芳缤纷,只有你
明眸一闪就轻易
打开一个春暖花开的世界
一树绽放的白玉兰
幽香令人沉醉
径直漫入绮丽的梦里
九死一生的跋涉
之后,梦想终于成真
余生里尽是花期
深夜里醒来后偷着欣喜
只此一次的人生
忘情怒放过,悲伤过
却从来不曾错过

1998年10月

前世黄昏

一起走过的前世黄昏
清寂的大雪积满绝望的树林
踏着暮鼓迷失在雪雾里
你我这也算白头了一场

厚厚积雪压断了枯枝
黑黝黝，湿漉漉，孤零零
天空飘落祈祷：苍天啊
让这两行脚印相伴一生吧

手扶你钻出的黑色轿车
泊在错乱恍惚的浓雾中
你年老时让人心痛的容颜
穿越时空后亲眼所见

枯枝落入雪地的瞬间
绝望牵手渴望上路
一种细微的震颤掀起了狂澜
暴风雪卷过神秘的雪夜

1999年1月

深陷彼此相爱的旋涡里

任何时候为爱情付出的一切,都不会白白浪费。
————塔索

深陷彼此相爱的旋涡里
爱,才熠熠生辉
满含着甜蜜,散发出迷人气息
才有玫瑰的迷人芬芳
曾经的苦楚发酵成为陈酿
来日方长,所有付出的一切
都不会白白浪费
即便分离,或者劳燕分飞
真心爱过,甜蜜或苦涩
都各有神秘的意义

深陷彼此相爱的旋涡里
爱,才楚楚动人
每一次深情的凝视
沉浸在喜悦里
生命最美好的时刻是爱
相爱足以慰藉此后平淡的日子
所有浓情蜜意摇曳在未来

爱过,生命不再平凡
爱会照亮和温暖脚下的岁月

2002年2月

清　白

离故乡越来越久远了
时空交错中也已经久违了
那些清白的日子
在太阳炙烤着的大地上
融入故土的风中
母亲躬身割着麦子
白花花一层细盐结上脸颊
母亲欢喜地拾着棉花
用她苍黑皲裂的手掌
触摸秋风,这秋风
卷起我无法回到过去的悲伤
关中平原初夏之夜
月光流过杨槐树的花叶
摇落一地细碎与香甜
树下悠悠的纺车
沉入梦底的织布声
还有那只飘荡在饥馑春天

最后挂在树梢的纸鸢
那些不得不面对的凛冽
呵气落霜的冬日晨昏
我辛劳清苦的母亲
说的每一句话和她的每一颗
生命一样落入泥土的
汗水和泪水，都是清白的
母亲在她生命坍塌那一刻
带走了她全部的清白
让我再也回不到
我童年金子般清白的日子
回到陌生故乡的我
就像一条无处悲伤的丧家犬
只身徘徊在时光的废墟上
像月亮在夜色里寻觅着过去
城市里奔波的游子啊
只为一袋月色般清白的粮食
一袋山泉般干净的蔬菜
只为了一身尊严的布衣遮羞

2004年7月

写给我亲爱的孩子

时纯熙矣,是用大介。

——《诗经·颂·酌》

太阳升起很高了
你孤单单走出母亲的子宫
一路啼哭着,直到
爸爸紧紧把你抱在怀里
你的哭声才戛然而止
用漆黑而神秘的眸子
你望着初为人父的爸爸
喜悦的风暴奔袭而来

创世的剧烈爆炸中
爱的精灵挤出时间的铁幕
你勇敢地纵身一跃
跳进生命奔腾不息的河流
谢谢你!我亲爱的孩子
你是弥足珍贵的爱的孩子
怀着光一样的初心
你是自由自在的风的孩子

落草寒冷冬日这个
纯净、明耀而温暖的上午
爱的世界里最好这一刻
就像这个等你三千年的名字
不是光热无穷的太阳
爸爸只有37℃的体温温暖你
爸爸不是雄伟的大山
却也顶天立地算是一棵树

愿意用全部枝叶为你
遮风挡雨,只允许透过树叶的
花儿似的阳光照晒你
等你长到足以独自飞离
欣喜中的爸爸也会心生伤感
当你听到沙啦啦啦的风声
漫天满地飘落的黄叶
都写满了爸爸送给你的祝福

2005年1月

祖传玉环

新街口开了一辈子
玉器店的太爷爷手上传下来

一个玉环，温润
细腻，如处子的肌肤
柴燥处，皱皱浅褐的光泽
岁月深处一双火辣辣的眼睛
凝眸一条搁浅在河滩的鱼
张着石化了的欲望

散发出一种令人迷醉的气息
浅淡暗沉的血色
浸润其中，模样可疑
丑陋里透着迷人的美好
从万籁俱寂的春宵
到风寂叶落的秋夜
世界之外一次次细细把玩
一段段令人沉醉的

烟雨江南时光重现
趁着河道泛滥穿越空环
奋力溯游时空而去
沿岸结满种种无言的缠绵
让人眩晕，坠入到
皎洁月光下温柔的深井
饥渴大地上燃起绿色火焰
怒放着灿烂的金合欢

露水也已溶入花香
慌乱中我们一路攀爬

啜饮无尽的蜜意黑夜
直到迎着峰顶,一脸彩霞
回望岁月深处层叠的
所有绝望纠缠的渴望
都是在讲述红尘中
关于爱情如火的信仰

2009年4月

祝　福

爱一个人的正确姿势
是默默祈祷:你好
我愿意!这无关信仰
祝福是诗化的语言
充满着爱与悲悯
有不可思议的神奇力量
根对花叶的祝福
经历风雨后果实累累
羽毛对飞鸟的祈祷
翅膀掠过万里苍穹
相信吧,爱的祝福润沃
深埋地下等着重逢的种子
在最合适的季节里

发芽、抽叶、散枝、开花结实
梦虽远，终将抵达现实
过于急切的憧憬带给人痛苦
只有祝福可以平息消肿
祝福聚焦宇宙之光
回向真心的爱人
照亮并温暖独行的人
担忧和操心是魔鬼的诅咒
来自心底幽暗之域
魔鬼常以天使的名义交易
泯灭良知，所到之处
也吞噬所有的光和希望

2010年3月

乡愁解药

正在被拆掉的故乡
一匹狂奔的梦幻之马
蹄声踏过满目残垣断壁的村庄
渐渐从我的胯下消失
皮毛，骨骼，血脉
以及嘶鸣和呼出的热气
全都湮没在秋日黄昏

轻轻走进我的童年废墟
一位老汉默默在蹲守
村庄倒在青砖红瓦的碎片里
利爪般伸向天空的
断头钢筋,在逆来顺受的
大地上宣示绝对的主宰
霜落的宽阔梧桐叶一声叹息
隔着一片蔬菜大棚
在建的高楼遮天蔽日
故土再一次屈服了
被迫交出她的麦田,炊烟,
月光,鸡鸣狗叫和水塘星空
小鸟坐在精致的笼子里
乖巧地高声歌唱
为提前朽掉的翅膀
打碎在墙角的陶瓷罐碎片
我藏在故乡的乡愁解药
失踪了,散失在今夜的冷风中
你,从远方归来的游子啊
跌入浩浩夜色般无所适从的悲伤
失魂落魄在描眉画眼的家乡
心里开始思念起远方的他乡

2010年10月

悲欣交集

我困于生活
找不到一个地方
放声痛哭
曾经失恋毛乌素
借酒号啕
在长途大巴
那样悲痛快意的人生
已不再有
我其实
也还是个孩子
一颗正直善良的心
倔强地拒绝
长大成人
没有哪个职业能让我
精神安宁,这一生
只为所爱而来
飘飘荡荡在红尘之中
遇我此生
要遇该遇的人
带着忧郁的笑容
我给予

不急于索取

为爱赋予生命

欣喜含泪

我将在枯叶凋零之后

也只愿

为一生所爱而死

唯有如此

才会获得新生

2011年11月

山野幽居

驾言出游,以写我忧。

——《诗经·邶风·泉水》

只带上你,钻进了

大山深处,空气变得甘甜

深情就像你的唇吻

依然令我沉醉

九重远眺把我的心漂染成

神秘的雾霭的颜色

湖面碧绿澄静,流云滑过

驮着一瓣瓣灼灼桃花

踏着淙淙泉音漫步林间
恍惚间，穿越幽深的时空
回到前世那山居的湖滨
在水岸木屋里打坐
看尘埃在光束里缓缓流淌
静谧中出神的那个人
是我等了三世的爱人
月色揉进乌黑沉静的夜里
湖面传来你心跳的声音
像远古的蹬音踩踏着
清晨的露珠。好熟悉
似曾在哪里和你一起经历过
缠绵的炊烟渗入竹林
山居的简单饮食让人的精神
满月般升起在诸峰之上
我们坐在午后阳光里发呆
直到再次被暮霭包围
全然忘记了大山外车水马龙
忘记了柴米油盐的索然
你和我，幽居在空寂的山野

2011年11月

楞娃的华阴老腔

几副破嗓门狂飙不歇
慷慨激昂跟着雄壮铿锵
锣鼓,惊木,长条凳
人欢马叫,气势能吞山河
楞娃的华阴老腔
无须高粱烧酒自带张扬
激活长眠了两千年的麻木灵魂
表情,腔调,这着装
太夸张,癫狂恣肆乱节奏
纵情释放的是同一种压抑
矫枉过正的是同一本正经
操之过急,因此难免变态
台上的,掀天动地万马嚣鸣
台下的,热血沸腾陶然其中
沉醉于为君的不可一世
代入为臣的飞扬跋扈
过一把浩荡皇恩的威严嘴瘾
卑微者赤胆忠心,旌旗激扬
"最古老的摇滚乐"?
夸张了!也沾不上半点
"原始说唱"的时尚风!

所有囿于忠义的不羁，
都是扭曲的疯癫。
看他曲终人散，四顾苍凉
星光日头黄土地上的人们
台上台下，戏里戏外
走走走，该干啥干啥去

2013年4月

少年如云

少年如云，那些流逝的忧郁
隔着一片毛玻璃的记忆
曾经清晰的星空，影影绰绰
我多么想驾着五彩祥云
回到过去，绕不过一种灼痛
像刺目的闪电撕裂我的身体
那些晴空流云的漫长午后
镶金的晨昏和遥不可及的天际
风的言语预示了生命之舟
前路上，必经的湍流和险滩
浩瀚的星空和豪迈的云层
神秘，美好，孕育着雷暴
也孕育了成长的勇气和力量

亿万之中的偶然与必然
来自宇宙深处一个微弱的讯息
一个完整的爱的世界展开
庄稼向光生长，少年自带光芒
是最晦暗孤独的日子里
穿透心底厚密云层的万道光芒
照亮生活波澜壮阔的海面
故乡五月青绿复金黄色的麦田
而我深隐在一座浮华的都市
丧失回忆连同感知疼痛的能力
成为我内心最恐惧的事情
我只是个满脸沧桑的孩子
心里不断涌现着的花式梦想
钢筋混凝土规范它的形色
终将夺走我现世一切
除了光，永远驻留心底
当我苍白孱弱的手伸向天空
已衰老得抓不住任何东西
云霞明灭，山高水远，空——
年少时行云般的梦想或者欲望
慢慢燃烧成天边的火烧云
转瞬即逝于不朽的黑暗
如我这一生曾历的爱与哀愁

2014年7月

业余非著名诗人

从平原上的村庄出发,
一路走到海边的城市,
静默时光深处,
在多个行业谋过营生。
见识过很多——
籍籍无名的能人,
和一些俗不可耐的名人,
我总是格格不入,
我只是我,什么头衔于我
都只是临时演员路人乙。
无法成为谁的什么
东西,工具或者资源。
我甘于选择少年所爱——
做回一个非著名诗人,
为自己写诗。把自己的
灵魂揉进时代烟云,
赤裸着小心装进母语文字里。
也希望世人忙碌的眼睛,
在我这些诗行间驻留,
又深恐在我活着时小有名气,
迫使我收获这卖诗所得。

2010年8月

莉莉马莲酒吧里的魏晋青年

题记:2015年6月7日凌晨于深圳后海中心区莉莉玛莲酒吧。

曾经亲历
生命
热血沸腾的野性张力
和令人怦然心动的机智美好
孩童,麦田,村庄
少年,星空,梦想
青春,血性,爱情
你这不羁的魏晋青年啊
单枪匹马穿越这日渐浮华的时代
洒脱的天空下
蓝天与白云,大海和美酒
也能令你心生欢喜
面对尘世,你心生眷恋
在这最热闹的地方
心,最孤独
命若浮尘
堆积在岁月的沧桑之上
苍白脆弱

倥偬伶俜

独你的天真倔强

面朝大海

趁着此刻最浓的夜黑

渴望一匹黑骏马

飞身跨上,破窗而去

驰骋深沉辽阔大海之上

踏着狂波巨澜

任耳边的风暴呼啸——

纵有踏浪平波的意气

也逃不出悲伤

不远处,竹子林已空有其名

唯有月色伴你无限忧伤

满身秦砖汉瓦的生冷创痛

纵是千年一夜的

柔情艳遇,也无法抚平

2015年6月

时　光

日子向前,
时光飞逝。
我身在其中,

一路跌跌撞撞，
一路缝缝补补。

半世坎坷幸运，
半生成败得失。
都已随风，成了曾经。
就像一只
卑微无名的小鸟。

我已经习惯了
拼命扇动着翅膀，
自己觅食。
不免伤心劳累，
有幸葆有了初心。

独立的一个人
自由的灵魂
干净地走过这一世
我愿意而且能够
带走的最大财富就是
看着我爱的人
一个比一个幸福

2015年6月

要活得浓烈过瘾

童年只有一次
乖巧听话,你多无趣啊
疯玩到精疲力竭
要活得浓烈过瘾

少年只有一次
少年老成,得有多累啊
忧郁随欢快切换
要活得浓烈过瘾

青春只有一次
乐天知命,简直是挥霍
燃烧生命去恋爱
要活得浓烈过瘾

大人只有一次
世间哪里会有什么安稳
自由变化中体验
要活得浓烈过瘾

人生只有一次

万寿无疆,你傻到信这
独立尊严地活着
什么时候死都值

2002年3月

致 Miss H.

我们去陌生的法国餐厅
闹中取静,半明半暗
明净的落地玻璃外是 CBD
难得一见的阳光草地
餐厅里就两位客人
我已经忘记对你说过的话
一枝开在五月的玫瑰
明亮娇艳,气息馥郁
我深深沦陷在你的芳泽里
春风拂过泸沽湖面
一年前,在金光华广场上
邂逅你潋滟秋波
恍若步入仙境,惊为天人
在爱情坎坷的山路上
抗拒和追求原是
一样辛苦,一样小心翼翼

顺着餐厅萨克斯管悠扬
目光从你的明眸火线且战且退
窗外,已是晚霞满天
正火苗一样在草地上跳跃
飞来一只白色的鸽子
栖在别人的黑色婚车上
歪着脑袋看着你夹起菜
轻轻放到我面前的盘子里
看我毫不优雅地吃下
欢喜,矜持,淑女的娇羞
蜜一样奢侈流过时间的沙漏
你的故事山花般灿烂
一道道明净的涟漪
一个个温柔的旋涡
被这美好一齐深深打动
月亮升起在东边楼宇之间
给你的娇唇镀上优柔的银色
眼睛开始变得光线般缠绵
语言沿着暧昧的灯光
像爬山虎一样绝望地攀缘
四周盛开着软语巧笑
杯盘清脆的撞击声
碎落在香气四溢的昏暗空气中
明亮的眸子里春潮涌动
优柔的月光涨满我的胸膛
亲爱的,今夜我是你唯一听众
用我微弱的心跳谨慎赞美你

轻轻抚慰你孤寂的琴弦
如此良宵，让生命高贵愉悦
又卑微忧伤。岸上一棵树
对着一江春水，共沐清风明月
当都市初上的华灯占领夜空
我拉你逃离美丽的灾难现场
分别时，只是对你说
"你看，今夜的月色多么美"

2006年4月

太白山之恋

相遇的季节是对的
错在邂逅之地
青青的杏林就横在山前
春风扶着一山坡的
灼灼桃花，委屈地
抽噎在流岚里
谁的泪水打湿了春山
五月踏青上山
踩着尺许的积雪
荒寒了亿万年的铁树
孤单单枕着崖风

睡在冰冷的阳光里
做着开花的梦
熬到秋高气爽
渴望，如愿以偿
凌霜的柿子最甜
红彤彤孤单单挂在树梢
这适合告别的季节
万物忙着播种
天地间白雪皑皑
雪峰用孤独书写尊严
深爱，无法热闹
蜡烛静静地燃烧黑夜
有冰雪的无声陪伴
太白山之恋，水云天

2011年5月

山　行

若你呼唤那山，而山不来，你就该走向它。

——《古兰经》

走向大山
是平原孩子的夙愿

从天边横飞而来
成为无法探究的天际
且行且近且心怯
隐去了峻峭
坦诚柔和的胸臆令人动容
阴晴四季，阳光投射出明暗
那些黑暗的雷雨之夜
山行何其艰难
绝望中无助的哭泣者
应该被原谅
在雨后默默跋涉的人
也该享有成功者的荣耀
只有跨越大山
才能拥有大山的气质

走出大山
是山里人世代的梦想
见识了所有惊险
让寂寞成为一种美德
生命的疆域
永远在自由生长的远方
无限险峰置于身后
伴着清澈溪水
了无牵挂地走在湍急的血液里
遇到雪豹和山鹰
倾听自然的话语
凭着质朴赢得

真诚激赏，每座山都应当
有个温暖的名字
使恋人们牵手山行时
不再感到寂寞孤单

2012年6月

爱，拼命才能活

如果遇到真心所爱
请你拼命去爱
生命就是用来燃烧的
引燃你倾心爱人
沉浸在你醉心的事物
然后，化为灰烬
坦坦荡荡地回归自然

生命并非一个只求
安全送达的生鲜包裹
签收之前
除了深情，了无意趣
爱，拼命才能活
你所有的激情付出
自有款款爱的回报

决不会失去什么
你终将拥有你的真心
和你所渴望的
所有的真爱都将在
绝望的崖壁夺目绽放
幸福,是勇敢者
登顶后的一片风凉

这纷繁复杂,险象
环生的尘世上
你在出生入死之间
风尘仆仆,苦撑到
今天,一定有备而来
必定有一堆干柴
静静等着你去点燃

用善良与正直去拼
为了爱,去穿越茫茫
戈壁,去翻越皑皑
冰山,去横渡浩瀚大海
九死一生的跋涉之后
你会发现只有深爱
能给生命以自由的质感

而你所深爱着的
也已经牢牢长在了你

古铜色的生命里
爱从来不曾远离你
在以后岁月里
陪伴你,如影随形
共同见证岁月的美好

2012年8月

诗意生命

月光纷落在
静谧的田野和村庄
五月醉人的柔风
勾出银色麦浪,触摸
一位窈窕少女的行迹
和气息,轻抚
白杨树叶,沙沙地响
透过杨槐树花叶
细碎的香甜
将那可爱的馥郁光影
静静摇落一地
凝视朦胧远方的人
会屏住呼吸
一种美好的诗意生命

流经正灌浆的麦穗
悄悄注入他的内心
大片大片饱满的光明
见证这燃烧与重生

2013年5月

故　乡

年少走出故乡
辞别了父老乡亲
离开后稷封地
单枪匹马，满腔悲伤
再回故乡，鸟语
花香，已变得
遥远而可笑
顶着两鬓秋霜
流浪在故乡的繁华里
觅寻炊烟、村庄
逝去的麦田
和麦浪上的月光
月光却是满满的忧伤
黄昏的路灯下
雾霾辉煌，故乡

花枝招展站在夜色里
神情恓惶的故乡
紧紧抱住一个
回乡奔丧的游子
像抱着一条丧家之犬
是的,丧家之犬
过些年这比喻会更贴切

2014年4月

只因爱,心有不甘(同题二首)

一、给母亲

曾遭生离死别重击
猝不及防的咽哑
痛,肝肠寸断
裹在铺天盖地的悲哀中
我不知该向谁诉说
只为爱,心有不甘
也不知道往后的日子里
独自一个人走
该往哪里去
生命里只有一次的你

为什么给我了这么多爱
之后，戛然而止
过去的时光无法倒流
为什么你忍心转身离去
之前，不做铺垫
弥留之际融入泪水的悲欣
多年以后我才能懂
带走你的尊严与不舍
划过尘世天空
却在我心底留下
深沉而温暖的痕迹
悲哀穿不透
欢欣也无法抚平
渴望与绝望层层叠叠
你已化成了一束光
藏在沉默岩层里
我依然，心有不甘
即便是学会了一个人走

二、给爱人

曾经生不如死的苟且
艰难隐忍的爱恋
痛，火烧火燎
长在荒凉戈壁的贫瘠里
我不知道该不该活
只为爱，心有不甘

也不知道没你的日子里
独自一个人走
该往哪里去
生命里只有一次的你
为什么把我给你的
这么多的爱都错过,石沉大海
未来的岁月一无所见
为什么忍心留下这般牵挂
之后,铁石心肠
你离去之际融入泪水的悲欣
多年以后我才能懂
纯净美酒有尊严与不舍
跨越时空的无言窖藏
却在我心底留下
浓郁而醇美的味道
悲哀穿不透
欢欣也无法抚平
渴望与绝望层层叠叠
你已化成一束光
照进生命岁月里
我依然,心有不甘
纵然是陪伴着我一起走

2014年5月

父 爱

题记：父爱是一座不得不面对的山，带给人一生的精神滋养。翻不过去，世世代代都为你遗憾；真翻过去了，你必将独自悲伤……

父爱隐匿在茂盛的行动中
回看无非是一路上缝缝补补
散落时光深处的那些破碎

一粒尘埃飘浮在动荡空中
强光里卓然可见
晦暗时，也自能怡然独处

示范者终将被岁月抛弃
连同或明或暗的生命痕迹
能给的，只是顽强与豁达

独立与尊严，珍惜
才不致错过了卑微一生里
不容错过的人和事

孤帆远影总温暖而伤感
殷红的生命之川昼夜不息
奔腾在暗物质广袤大地

2014年6月

小镇梦居

我带着你回到我从前的故乡
定居后稷封地，关中平原上
一个有绿皮火车经停的四等小站
镇上和乡下每一个人我都熟识

我们的房子挨着小镇长在村边
周围大片麦田，春风里墨绿
在算黄算割叫声里一片灿灿金光
初夏麦浪翻滚，秋天瓜果飘香

门窗全如你所爱，都朝南开
紫丁香开满令我们沉醉的小院
白玉兰的忧郁气息漫入白色木窗
房子边种多几棵洋槐和白杨

我们坐在天台上品茗纳凉

抬眼就望见终南山郁郁苍苍
小镇的天际线紧紧偎着大地
视野永远超出我们的视力

时光,总是被炊烟雾霭漂染成
美好的颜色,田畴相连,流云霞光
月下银色光波浮泛的麦浪,让人
陶醉,更迷人的是你我漫步风中

悄无声息掠过四月香甜夜色
穿行于月光下细碎槐花的芬芳
皓月当空,读你脸庞上的花影
或者,在灿烂的星光下静听

和颜悦色的村妇们轻声絮叨
像深秋湛蓝天空下树梢上的柿子
红彤彤,经风历霜后甜而不腻
只是到了大雪纷飞的季节

我们寒夜相拥,听窗外雪落地上
完整拥有了人世间所有的幸福
此心光明,村居已别无所求
愿你我的生命装载更多共同的美好

梦醒时分,故乡在坍塌中被流放
高楼阔路缝隙里容不下一株麦苗
在我们的先祖教民稼穑的地方

后稷手里的镰刀也早已锈迹斑斑

2014年8月

诗 人

时光飞速扑过来
又倏然离去
生命巨大的轮轨
轰隆隆碾过今日大地
震撼无所事事的我
对,无所事事
除了写诗,除了
淡远复淡然的爱情
我两手空空
抓不住一颗星星
抓不住满天猎猎长风
做什么也不能
让我如此清晰地听到
时间苍老的跫音
生命因作诗变得如此
丰盈富足。只想在我
所剩不多的余生里

拥有挥霍不尽的诗意时光

2015年3月

谷　雨

一滴雨奔赴一个天然讽喻
海阔天空究竟让谁痛彻心扉
仰望云霓的人们谨小慎微
徘徊冰雪中，瘟疫理直气壮
沙尘暴肆虐在词语碎裂后
飞灰织就的残破器皿里嚣鸣
扬起一阵一阵腐鼠的恶臭
倒春寒的梦魇里狂舞的鬼魅
令摄于恐惧的眼习惯黑夜
将鄙视仇恨的毒焰投向星光
渴望一场来自远洋的风雷
燃起怒火，洗刷穿着现代的
人们心底无尽耻辱与卑微
趁谷雨，把希望播撒在大地

2015年4月

失意故乡

一次次我拼尽全力
把自己满弓射出
每一次都不曾抵达
诗意故乡已是水月
镜花,蒹葭苍苍
仿佛一个冒失的外乡人
闯入别人的绮丽梦乡

我写在水面上的诗行
像凋零的花瓣
在岁月沧桑的雨季
沉入忧伤的河床
像天空中断线的纸鸢
飘落在呜呜咽咽的河滩
映上寒夜的旧窗

游走陌生的故乡
流浪在落落故亲的人间
暮色中失踪的炊烟
炊烟里沉寂的麦田
麦田上静卧的小院
小院里步出东墙的明月

月下烟花般璀璨的生命

2015年10月

群星灿烂

我童年的村庄
长在古老关中平原
那时晴朗夜空里
总是星光灿烂
每一颗星
都璀璨如钻
镶嵌在深蓝色绒布上
月落后,万籁俱寂
伟大的星空
神秘深邃的银河
深深震撼了我
陷我于灵魂去来之域
被莫名温暖感动
触碰生命神奇美好

闪烁的晶莹泪滴
繁星包裹着厚厚孤独
当流星划过夜空

拖曳出光带
悄无声息的悲咽
失恋的叹息
那擦肩而过的星
转眼就消失
消失于茫茫星海
璀璨或者暗淡
永不再相见
站在旷野的夜风里
我心莫名伤感
村庄罩着未来的寒意

黎明抹去一切
死亡最终会摆平
所有的纷争
久久凝视星空
一种神秘的力量
猛烈穿透我
牵引我的神思
在浩瀚银河上穿行
给我神奇力量
让我在后来岁月梦想
成真,唯一遗憾的是
城市夜空下的我
无法把这宇宙的秘密
讲给我的孩子们

2015年10月

大雪封山

天低云暗,大雪封山
你已耗尽了平生意气
静如秋水,一筹莫展
听雪在瓦上悲凉堆积

积雪大地,不毛荒寒
玄衣寒鸦正祭地拜天
静美如死,绝望似生
白色冥币漫天地纷乱

境无悲喜,生死之间
种子在默默隐忍发芽
熬过是春,倒下也是
雪下泥土里暗渡险滩

不妨痛饮,夜色阑珊
醉看冰消雪融冷风中
崩与不崩,与你无关
死灰自在柔风里复燃

2015年12月

四月村庄的孩子

四月村庄的孩子
会想起月夜槐花细碎的清香
顺着繁密花叶静静流淌
悄悄沁入金色梦里
炊烟一样渺茫的村巷犬吠
唱和猫头鹰的偏激独鸣
让梦生出翠绿金黄的耳朵
倾听村庄外泛着银光的麦浪
四月村庄的孩子知道
前面不远处,就是芒种
金黄麦穗也是他最近亲的同胞
都有过营养不良的岁月
顽强奔向灼热的七月
走过新绿十月的田垄
四月村庄的孩子发现
生命成长的密径和苦难隐喻
正像历经过磨难的爱情
无法错过每一个必经的节气
终获新生而非悲哀的死亡
四月村庄的孩子也会孤独
也会在夜深人静时默然无语

沉入各自命定的浩瀚星空
四月村庄的孩子倔强地
在风雨中奔跑,在苦难里灿烂
没错过每一个播种和收获
的季节!让大地之上每一个生命
拥有一份深情厚意的大礼
就像拥着自己刚出生的孩子

2016年5月

母 亲
——母亲节写给我亲爱的母亲

今夜,跨上我的马
我的夜色一样闪亮的乌骓马
踏着落满尘埃的岁月
向浩渺远方疾驰
沿着传说中的溯游之河
我会在某处河边和你相遇
带来你喜欢吃的面包
和水果,以及我没有
来得及向你认真许下的诺言
野蛮的荒原不值得流连
大地上贫瘠的村庄,装满了

雨水般无辜苦难的时光
守着麦田的饥荒
两千年里,毫无新意地重演
火化成灰,也要深埋地下
没谁愿意被风吹回过去
你三十年的牵挂和心痛
像杂沓马蹄下细碎的波纹
在冰雪消融后,被春风抚平
善良与正直长在血脉里
你幻化成一道圣洁的光
徜徉在空漠的天地间
把你的爱阳光般投在我心底
我要带着你去兜风
让滨海大道上温柔湿润的风
滋润你被高原皲裂的手
我要陪你乘船出海
去太平洋上感受鹰的自由
陪你去维多利亚湾看看
现代文明沁润的东方明珠
请你和我一起丈量
从关中平原月色漂染过的麦浪
到美轮美奂的深圳湾
有多远,黄土地上
两手空空的你一生都在奔忙
只为五张嗷嗷待哺的嘴
卸下肩上空无一物沧桑
卸下一座山带给你的所有苦难

双手捧给你一杯卡布奇诺
品尝面包新语的香甜
你所默默忍受过的生活重负
这一刻应感到得偿所愿
我带你回到我在尘世的家
看看儿媳和你的孙子们
我知道这是热爱孩子的你
灵魂深处最大的欢喜
所有生命热情和前尘往事
全都生机勃勃活在你的大爱里
爱大地上的孩子，以及所有
孩子般善良的人们
你像冬日阳光，出没人间
我的亲爱的母亲啊
我的远隔一万多个日夜的母亲
我要带着你游览世界
从春暖花开到大雪纷飞
我要让季节深处每一处风景
都有我们一起打卡的记录
要让彼此拥有的幸福
像我们过往的痛苦一样深刻
当每一缕晨曦透出天际
都是我们再次出发的时间
我最亲爱的母亲啊
你的爱是一束圣洁温暖的祥光
洒向尘世上你深爱的人
每一次，当我向妻儿讲起你

从他们潮湿明亮的眸子里
会清楚看到你熟悉的爱的影子

2016年5月

小野花

笑容灿烂
在瘠薄崖缝间
流岚拖曳幽香
繁星下孤芳
痛彻心扉地羞辱了谁
是风落,还是
小鸟从远方衔来
随便那么一丢
生根,发芽,散叶,开花
干干净净,自由自在
卑微生命里
涨满岩石的凛然气质

2016年5月

用生命去流浪

用生命去流浪,背囊里
装满我八个春秋的孤独忧伤
邂逅在落叶纷飞的深秋
明白过往的蹉跎都是在等你
一望青青复金黄的麦浪
几度霜秋沉淀的金色年华

曾经独自仰望过的星空
那些夜晚,你又默默在哪里
让我如何知道你是你
知道我现在的蹉跎也是在等你
深埋在我心底的一粒花种
错季发芽出土,抽枝散叶

日夜的心痛像黑洞吞噬我
眼里的光,我全然沦陷
知道我将来的蹉跎仍是在等你
这些磨难与苦楚只为了
能够配上你,在漫长岁月里
一路追随,用生命去流浪

1999年2月

我的兄弟时间

时间足以愚弄每一个人
空间也总能装满寂寞的时间
我有个好兄弟,叫时间
逢喝就醉,醉了就睡

盐田码头集装箱堆场的老板
开 Q7 拖着他的羽翼
满世界追风御空的极限鸟人
一个醉梦蓝天的老男人

树桩般粗壮黝黑而正直
科班搞散打的,混香港码头
早年邵氏影业跑过龙套
穿越古今各色流氓打手小混混

五次进藏,从拉萨到包头
三千公里的中俄蒙边境线上
单骑孤身穿越无人区
与野狼对峙也曾恐惧的牛人

有次喝茶,同他翻看旧电影

"看,快看!就这个
一把撕破别人衣服的浑蛋——"
龇着瓷白的牙,他羞涩地笑着说

2016年7月

后记:写这首诗时正在罗湖工地做集装箱项目。当时的初衷,是赞叹生命的丰富与多样性。不要一刀划定人的身份,不要执着于什么人就应当干什么事,那是把自己和别人都当成工具。生命只是目的,生命如此丰富,一切皆有可能!也许那些为生活所迫,历经坎坷的人,内心才是丰饶的。知光成七彩,唯风雨后可见;与夏虫语冰,究竟情何以堪!

爱,在风中

题记:人,如果心里没有爱过,就如苔藓地衣从未被阳光照到过。生命之光,乃自由之爱。剥除身外之物,剥除了肉身凡胎,个体人是什么?来自哪里?往哪里去?现代人是没时间思考,还是刻意回避?却无时无刻不在有限的生命里忙着追求,以便让自己的人生成为一种疏离人的高贵与尊严的生命过程。

参天古树站在河岸边
最初的时光里
一株稚嫩小树苗迎着风

用惶恐与新奇赞叹
当青春已逝
慢慢苍老的容颜后边
还是那个稚子
那个襁褓婴儿
被深情拥在怀里
还是那个孩子
快乐疯跑在田野上
也还是那个倔强的少年
对着春风婀娜的你
吹最忧伤的口哨
生命向死而生
追风,无问东西
自由而孤独
只有孤独才让人勇敢
一路跌跌撞撞
所有爱过的名字
写满皑皑雪峰流岚
所有深爱的人
都活在昨夜的朗月之下
爱如初心,孑然一身
在深秋的风里一次次重生
耳边呼呼的嘶鸣声
成为生命于此存在的唯一
化石证据和全部意义

2016年10月

母亲的竹椅

老宅屋檐下的竹椅
此刻正晒着冬天的暖阳
散发出沧桑气息
是母亲坐过的竹椅
我却怎么也想不起
母亲坐着它时的样子

老屋未建新房之前
我在院里栽过一株洋槐
栽种时挖了个坑
埋了块生铁在树下
那是个彩霞满天的黄昏
母亲坐在门房里织布

竹椅静静等在边上
已经参天的洋槐树的影子
慢慢坐进母亲的竹椅
用斑驳的疏影抚摸着岁月
我莫名就伤感起来
仿佛自己坐在母亲怀里

2016年11月

春 事

年复一年
春天里的血色之约
盛景遥遥期许
朱墙外
清影正彷徨
踩着绽放前夜凋谢的群芳
众仙自披七彩祥光
仙步云雷,低眉雨露,凡心昂昂
摆满硬菜的八仙桌
一张连着一张
让茅台雄起飙驰
醉梦不容触摸
漆黑的绝壁上
再也没有年轻兴奋的月光
海上残星颓废自伤
春分过去,就是杏花村
卸掉盛装的春娘
迷幻东风十里,望断苍凉

2017年3月

草 原

雄鹰滑过，万里无云
辽阔的大草原阒寂无声
田鼠在风中谨慎张望
草坡上落满成群的牧羊

目力所及，无非寂寥
空中消失的蹄音与歌声
像祁连雪峰上的寒光
孤独在清风中若隐若现

扑面而来浓郁草汁味
在呆呆阳光下闪闪发亮
牧民帐篷前乌黑獒犬
对陌生外乡人目露凶光

远离人烟后风弱势微
草原与远山总无言以对
苍茫谁问"封狼居胥"
荣枯大手终将抚平一切

2017年7月

祖先挂在墙上的镰刀

祖先在秋雨中播下的麦种
破霜发芽,顶着冰雪越冬
让绿色火焰燃遍渭河平原的四月
谷雨时节的麦穗渴望着成熟
母亲饱满乳房才有的光泽
如日月交替,一夜间由青变黄
金灿灿的麦田,成熟的麦田
一片连着一片。高高教稼台上
炬视远方的先祖手握镰刀
当永恒的诗意在月色下升起
天空中写满了自由生命的
尊严与高贵,像浩渺庄严的星空
如今,故乡再也长不出麦苗
远离了诗意栖息的族人饱食终日
这让乡愁无遣、饥渴难忍的我
突然想起先人们挂在墙上的镰刀

2017年7月

无问东西

如果可以,我是
一只北回的大雁
南极企鹅
非洲部落的酋长
海边的一株红树
青海湖里一条湟鱼
巴黎街头的绅士
土地上的蚂蚁
林间的麻雀
山沟里的山野村夫
冰山上的雪莲
草原独狼
山间一树桃花
美丽的尼姑
一片飘洒的雪花
年少凄楚的恋人
草叶上一颗清晨的露珠
街头的乞丐
位即九五的皇帝
我将化身成尘世间
一颗尘埃

参透生命的层层外衣
彻悟生命真谛
时间的海面之上,无问东西

2017年7月

过峨堡古城

今天,八百年后的游客
你阿柔部落的客人
领略了巍峨壮丽的祁连山
美丽辽阔的大草原
做旧如新的峨堡古城
你骑着摩托的子孙
依然被猎猎长风吹痛着的
红彤彤的高原上的脸颊
让我感到深深的孤独
你曾经人丁兴旺的部族
山川不改,岁月悠长
牛羊遍地,鹰翔长空
阿柔部落彪悍的男人在哪里
温柔朴实的女人又在哪里
草原雪莲上空的雄鹰
都是如此的孤独,掠过祁连

雪域之上,带着无尽忧伤

2017年7月

我渴望的生活

我渴望的生活,富有诗意。
从母亲神秘的子宫长出来,
处处枝繁叶茂,每个季节
都花香四溢,如诗行芬芳,
把我爱的气息,生命意义,
写满繁星夜空与沉默大地。

我渴望的生活,清澈见底。
从母亲温暖的心房长出来,
一路风尘仆仆,每个河段
缝缝补补延续滚烫的生命,
把所历劫难挂在遥远天边,
唯死灰复燃让我倍感珍惜。

我只愿你走过,如风停留,
从枝头摘取一个翠绿美梦。
在梦中温暖纯净的阳光下,

呼吸一种鸟语花香的甜蜜。

2017年9月

西宁的表哥来了

势,还像当年那么牢
晃着有些发福的身材走来
骂骂咧咧一屁股坐进我的大众老款旧车里

穿越十八维度时空
表哥揣着二十二年的交情
这淡得跟青海湖水一样淡的交情
从珠海坐了三个小时大巴专程来深圳看我

岭南初冬的暖阳里
我看见表哥白惨惨大门牙后边
金子一样的心

表哥走时,隔着车窗只挥一下手
就消失在去机场地铁11号线入口的人群中
我竟有一点点想念表哥了
表哥现在——此时此刻,还在天上飘着呢

2017年10月

海滨飞驰的黑骏马

冬日坠入苍茫大海,夜色即将临盆,
我看见,一匹黑色的骏马飞驰在晦明未定的海滨——
像风一样掠过天空、海面与潮水退去后空空的沙滩,
镔铁色的蹄踵溅起泥沙,追风逐光,箭镞一样射向远方。
蹄声像强劲的心跳,鬃毛在暮色里飞扬,
仰首嘶鸣,拽出劲风中如烟的垂梢。
在如此空旷阒寂的海边,在我看来——
这就是我追慕一生的恋人,从撼人魂魄的神曲中,
从大地之下迸发出的自由精魂!
一种即兴的意志,把凡胎俗骨像影子一般抛在身后,
纵情讴歌生生不息的沉默大地,演绎海洋蓝皮肤的自由——
如梦似幻的场景让我心旌摇荡,令我兴奋窒息!
正奋力突破黑暗的合围,融入海阔天空的天籁!
凛然逼视黑夜深处铺天盖地的恐惧,
以及一切背光一面浮出水面的贫穷,欺侮,掠夺,狡诈,痛苦,
绝望和苦难混合而成无辜的泪水。
让所有呼风唤雨的束缚、诱惑和奴役成为枉然!
只向着太阳落下去的地方,那白昼的尽头,那叶子
将要从黑暗中醒来的地方绝尘而去——
音乐变得柔和,鸟儿开始为自己歌唱。

那些泥塑贴金的偶像在海浪中轰然颓圮,
世间万物都披上神圣的生命尊严的光泽,而那黑色的闪电,
也在他最后的嘶鸣声中,消失在远方苍茫的海面——

2017年12月

永不屈服

被命运猝然推入漆黑冬夜
灰雪之上,凛风刮过至暗的山川
春天在一夜之间变得黯然
万物需要锻造永不屈服的灵魂

冒着沙尘暴在荒野踽踽独行
已放弃了无谓的流泪哭喊
只在无望的漫长时光中静静生长

黑云压顶,看不见明日的天光
拖着伤痕累累的倦身隐忍人间
漫长跋涉后终于步出阴霾
在少女春风般纯美的气息里洗尘

惊蛰后,一颗冰心温柔苏醒
煎熬于炙热渴望与冰冷绝望之间

堕入三千弱水也无动于衷的爱河

愁眉下委屈恓惶的伤感惨遭戏谑
旷野里独狼一张弓似的哀号声
抵着背后无助的空气,毫不退缩
用善良把爱与恨射向茫茫河汉

不曾想真能面朝大海,花开春暖
那棵弱小冬树已经叶茂枝繁
踏平一路上的艰辛苦涩与风霜

摸黑跨过多少人心的激流险滩
笔直的树干只臣服大地的信仰
风暴呼啸的夜晚,黑暗地下
咬紧牙关倾听对手痛苦地哭号

最心爱的大海也不能屈服你
就算是樯断橹折,葬身幽寒海底
不羁灵魂同爱畅游在海天之间

2018年1月

逆光生长

人与世间众生
纵生横长
追求什么都正确是一种
显见的愚执
苍生天性顺势流俗
万物之灵
苍天赋予了本能之上
选择的神圣权力
春天选择逆冬而来
爱情选择溯游以求
从不搭伙成群
自由和真理始终逆行在
人迹罕至的凶险之途
独沐生命之光
美好，高贵，庄严
你看那微贱的小草
也会望风披靡
却总是坚定地逆光生长
决不在黑暗里恐惧沉沦
柔弱里深藏的一把
凛冬的野火，也决不会

卑微在尘埃的阴影中
佛系冷眼坐视
野蛮昼夜兼程地疯长

2018年2月

生活禅

今儿我一兄弟曾总说:
"任何时候,都要心情好!"
这话里边有真意。
忧伴人生,如梦、饭、尿、醒,
如昼亦如夜,当作如是观。
自古人生谁人无忧?
"心之忧矣,视丹如绿"。
何以解忧?
酒鬼说"唯有杜康"!
不喝酒的毕竟是多数,咋办?
"驾言出游,以写我忧"。
没有车又如何?
托翁有一大招:忧来无方,
窗外下雨,坐沙发,吃巧克力,
读狄更斯,心情又会好起来,
和世界(不是和黑暗)妥协。

又有不喜读书吃巧克力者,
当如何脱忧?
还有一招:从银行提现金出来,
闭门数钱,或可解忧。
或有恨钱不够,愈数愈忧,
悲从中来者,当如何脱忧离苦?
请君扪心自问:
金钱、权势与美色纷扰人心,
不能阻挡世人赴死如潮似沙,
眼见得有几粒沙子是身无分文,
穷死的?心正忧者,不妨一扪。

2018年6月

注:悲从中来,悲痛之情从内心生发出来。语出三国曹操《短歌行》:"忧从中来,不可断绝。"

在孤独里泡大的少年

眼底自带桀骜与忧伤
对生活和世界有独特视角
所有人都觉着正常
所有人都期待被理解
真是荒谬滑稽至极

总在心生烦恼的时候
更愿意对着流云山林长啸
知道真正的常识
并非喜欢热闹的常人所知
听得见自己内心的声音
是一种做人不可多得的幸运
知道冰雪覆盖着的麦田
在一场春雨之后
拔节，抽穗，灌浆
然后果实累累，金黄一片
欢乐与痛苦交替如四季
最深的痛袭来时最沉默
能够把沉默变成一种享受
品尝到苦难酿出的幸福
所有人早出晚归
在田间地头兑现生命
收获什么原本无足轻重
身处最繁华的城市
总能想起那些久远的岁月
那些永远真实的场景
让我的心在皲裂的老茧下
感觉到温暖、温柔和真爱
不能自已，也领略了
莫可名状的幸福和悲伤

2018年11月

日 落

日落总弥漫着悲哀
恐惧,铺天盖地
苍茫大地为之战栗
羊群驻足枯草间
茫然而绝望
最后一抹血色尽失之后
苍凉悲伤的原野
卸下不可一世的自负
像个疲倦的花旦
背对着粉丝卸下残妆
孤独卑微成草
臣服于秋风野火
只有地平线在默默祈祷
面朝东方虔诚地跪倒
黑夜是光的子宫
太阳死了
羊和草都得以喘息
宇宙周而复始
始终就只一个启示
恐惧是最牢靠的牧鞭
也会使羊群迷恋

那些自由时光编织的
梦想,深藏在陶罐里
熬粥,煮饭,炖肉
然后,吞咽到肚子里

2018年11月

生命之旅须自带光芒

当阳光普照大地
光明无处不在
宇宙之外未知之域
悠远浩渺的太空
是谁在掌管茫茫黑暗

执着正直的镝锋
一只孤单的鸟
相信自己的力量
足以穿透所有夜幕
带着温暖的善意
带着对生命的热爱
栖落于渴望已久的枝头
是的,铁树开花
那倏忽即逝的花期

已足以慰藉
风尘万年赶来的你

星光璀璨之处
一片死寂
黑暗绝对不可避免
生命向光而生
至暗时刻，光在心底

什么也带不走
留下什么都毫无意义
必须放手一搏
时间永远都来得及
活着只是生命河流之一段
缘何要在拐弯处慌张
世界昏暗淡远
心底放出大光明
引导着灵魂
向更深邃的黑暗
继续下一程飞矢之旅

2018年11月

穿越渴望

穿越沧桑的渴望
回到当初葱绿的绝望
面朝大海的房子
花香和鸟语栖在枝头
一望无际的撒哈拉
是爱的初程
带点神秘的香甜

不知根是苦的
越深入越苦
渐渐脱离血肉引力
使灵魂独立
让心涅槃再生
顺着泛黄的诗行
触摸那段恓惶

故园雪后
长廊枯叶悲叹在秋风里
仲夏夜不期而遇的暴雨
笑影还荡在春风里
时间容器里酿悲造苦

见与不见都苦着
在渴望的尽头

写满绝望
泪水在荒漠恣肆
汇成一片盐湖
远远陪伴着的
是善良的黑颈鹤
直到海上传来春天讯息
空气变得湿润

碧树清流，莺飞草长
天空湛蓝，春暖花开
所有的苦蝶变
蝴蝶掀动生命的芬芳
惊心动魄的冲动
赋予爱以生命
这个世界是想出来的

生命只此一次
大胆去爱，莫负此生
心想事成，美梦成真
这最美好祝福
竟是鲜活生命的足迹
每一个平淡日子
陪着灵魂之爱活过

2018年12月

来看海的人

我知道,风吹过
云流过,雨点飘落过
来自雪域的跫音
潜入喧嚣人海
风尘仆仆的脸上
含忧带喜

伫立蔚蓝海湾,吹着
也正吹着我的海风
看那潮起潮落
忧伤,年轮似的
一层一层
密密匝匝包裹着喜悦
悄无声息地掠过
只在水面投下倩影
走后,铺天盖地
宣泄三天三夜
写在水面上的这些文字
远配不上你的机智
心若不苦,憾缘何生
就让嘴角的笑容
更灿烂一些吧,就让

火焰化石 上 ——穿越热寂的爱

繁密的祝福开满心底

我知道,风吹过
云流过,雨点飘落过
从万山之巅穿生越死
踏着冰雪飘忽而至
你站在温暖的南海之滨
看我艰难跋涉
看我沐浴春风里
看我悲伤复欢欣
看我奔波在风雨中
看我浪花里嬉戏的孩子
是你最大的热望
爱的海,从未离开
一直活在心海里,当时间
滤掉苦涩,就连你
忍心离去那一刻
脸上流淌的冰冷哀伤
留下的深深浅浅的伤口
也变成生命的珍贵印记
眼巴巴望着你,匆匆去了
你心念向往之域,顾不上
带走将要许你的诺言
爱如潮涌,已将一切抚平

2018年12月

如果爱,失去了耐心

如果爱,失去了耐心
水果在枝头腐败
鲜花还没开放就已枯萎
种子等不到发芽
月色消失在至暗的夜空
江河在海滩上断流
太阳永不升起
新生命在出生前夭折
大雁折返北归,遭遇暴风雪
春雨打湿枯死了的麦苗
生命千篇一律
友情止于初相识
爱情等不来甘甜苹果
亲情却步于只嫌不够
雾霾锁死四季
春暖,花却不开
面向大海的人们
眼里充满焦虑与愁怨
幸福永远挂在
下一步就触手可及的地方
耐心,是自然之心

世间万物
因其各守其时而快慢

爱，就是耐心
哪怕绝望成无助的样子
也值得憔悴静候
一次全新破茧

爱，是值得的
无问成败得失
时间丈量的耐心与付出
是爱之沧海一粟

2018年12月

雪域佳音

雪峰倒立在澄净湖面，
灿烂的色之圣域，
时间的金字塔守口如瓶，
口罩也拦不住的沧桑。

疾驰在高原上的黑骏马，
消失在思念的草原，

嘶鸣声沉入粼粼波光。

初融的雪水之上,
落满孤雁般哀婉的诗行。
"心向太阳,生活依旧美好。"
带来雪域佳音的过客!

冷漠的隔世清忧穿好——
祝福的丽衣,沐着月色,
雪莲般开满一脸虔诚……

2018年12月

追梦少年

追梦少年
梦里追赶一只梅花鹿
春雨初歇的渭川
掠过青青麦田
跃过漂满蓝天白云
清澈流淌的小河
闪电一样
遁入黑色松林
松针上亮晶晶的雨滴

风落,打湿少年的梦

湿漉漉的林间

飘来少女的朗笑声

一个神秘地方

梦逝如烟云散去

多年以后

那个少女和少年

生活在同一个城市

梦中小鹿随故乡

永远消失在岁月深处

生命竟如此神奇

少年也已长大,这一路

是如何小鹿似的

仓皇跑进跑出谁的梦

终又消失在谁的生命里

2018年12月

清 晨

积雪上跑出村庄

眼前一片迷茫

一声公鸡啼鸣

撕不开寒冷夜幕

空气清冽，万籁俱寂
足下的雪在私语
对话孤寒的星空
幸福与温暖
依然是那么的遥远
如果触及痛楚
了无牵挂的心
那样的冬日清晨
一片雪花般的少年
看不清前方落脚何方
浑然不知的少年啊
宇宙最神秘之域
一切都在悄无声息中
做好最妥当的安排

一个人驾车
吹着风，去海边
凌晨四点钟
繁华也显出了疲惫
海滩上海水低语
虫鸣和行车声
静静驶过滨海大道
对话远远近近
灯火点点的波光
爱人酣眠声
和孩子的梦呓声
在这梦幻般的城市

铺展,像我的
幸福绽放爱人脸上
深蓝色夜空优雅
而温暖,而苍茫
海面这夏日的黎明
正分娩新的一天

黑夜过去比想的要快
把人丢弃在无助
冰雪里。一颗孤星在
渴望与绝望之间
既生既灭的淬炼中
重生,或者死去
之后的生命才有资格
感受阳光的温暖
接受春天麦田抚爱
看到田鼠和野兔
幸福奔跑在田埂上
听都市大街小巷
车水马龙生命流淌
你得感激你自己
无人喝彩,最好没有
你在自由的天空下徜徉
美好自清晨蝶变
新的一天从心底升起

2019年1月

西农路的白杨树

西农路两边挺拔站立着
一百三十三棵高大笔直的白杨树
散发浓郁的民国气息
恋恋尘世，甲子风云
劫后余生里的酷寒烈日
秋蝉声咽的西农路
上演刀耕火种的疯狂
依然质朴正直的白杨树
在他们细密的年轮里
长满岁月新新旧旧的沧桑
也窖藏着一个少年
浸泡在苦难里的快乐与哀伤

大潮涌动，不甘的才俊们
纷纷逃离后稷的封地
攀爬绿皮火车，告别白杨
跻身一纸非农户口簿
名字写满小鲤鱼的傲娇
如今，老鲤鱼们早已忘记了
跟着母亲在土里刨食的日子
手掌的水泡血泡与老茧

汗干满脸白花花的细盐
忘了大地母亲的暗语
依然金榜题名的豪情不减
或如我悲伤在故乡陌生的风中

穿越千里锦绣归来
村庄消失，繁星永逝
笔直伟岸的你轰然倒地
砸得一个外地人心里生痛
路边站满乖巧的园艺树
再也看不到五台山下
曾经傲然特立的质朴
全新时代也许什么都应焕然一新
朴实的乡亲们站在年关村口
用时髦的词语颂扬着坍塌的故乡
漫天忧伤的霾遮住了秦岭
又在明灭的云烟里一切随风

2019年1月

时　间

从枪膛到胸膛
扳机是死亡开关

一朝分娩
用脐带为生命剪彩
时间班车
以生死时速
昼夜兼程
时空如影随形
蒹葭与白露还在
鸿鸟爪痕楚楚
目睹沧海变桑田
也见证了
人世善恶的同义反复
钟声悠扬里
山寺桃花
落寞飘零
铁马冰河上
大漠战鼓
震天动地
都隐藏在了
岁月的皱纹里
拂去积埃
有生不如死
痛不欲生
也有欢欣
有平凡的幸福
能沧桑的是人心
时光如初
像是一杯

西周宫廷里的鲜乳
带着温热香甜
站在 Shopping Mall
洁净玻璃橱窗里
一切都在路上
一切都原模原样
滤过生死以后
一切马甲都无处遁形
一切泥偶都赤身裸体
时间的树枝上
总要结出果子
无所谓得失甘苦
也没有输赢胜败
终点只有善恶
魔术棒后面,是谁
身穿黑色燕尾礼服
手只一挥,就瓜熟蒂落

2019年1月

忧 伤

在你最美的季节
最好的时光里

湛蓝天空下
江流入海
明媚春光浮泛
珊瑚五彩斑斓
寂静小渔村沉浸在
自由的海的味道中
一树梨花
静静香甜着
立在空寂院外
落寞的木栅栏旁
灿烂星空之下
潮起，潮落
掀起莫名心伤
藏在朝露里
划过如月苍白的脸庞
溅落在玄色衣襟上
深深的叹息
和着浅浅的委屈
相信所有相遇
都是路口
那些美好日子
总带着无助的忧伤

2010年9月

后 河

小伙伴第一次击水在夏日的后河
沉浸浅窄一带浑黄而温暖中欢畅
荒芜沟壑间蜿蜒如同悠长的日子

飞鸟逆风盘桓初秋阒寂田畴上空
河水漫过二十四个节气静静流逝
秦时明月里倔强地奔赴蓝色海洋

我两鬓花白带妻儿驱车再登古原
漫步河畔,麦青林枯,荻花瑟瑟
西周凛风吹过汉唐寒阳下的河面
我爱你!面容庄严的孤独小沣河

日日夜夜陪伴着南岸崖畔的坟头
用暄煦的眼睛常年望向遥远南方
孩子们会很快淡忘这条乡间小河
温暖的小沣河夜夜在我心间流淌

2019年1月

注:后河,即小沣河,发源于凤翔雍山,故又名雍水。流出

凤翔东湖后一路向东流经岐山、扶风、武功,在杨陵的东北部与漆水河汇合向南流入渭河。因流经杨陵北边,相对南边的渭河,又被当地人称为"后河"。

雪夜山行

这是一年中最冷的时节
天黑透后,风——
好像也睡熟了一样
雪却不动声色地批发着梦幻

太白山整个消失在夜雪中
车灯在漆黑山路上患了近视
纷飞的雪片让灯光变得
湿冷,沉重,无法喘息

路面已经冻住了
油门到底,马达声沉入山谷
车子声嘶力竭地扭动着
像艰难爬行的昆虫

我跨出车,夜雪迷茫
凛寒的世界呈现黑白本色
看着黑黢黢的山谷

从皑皑的梦幻般的山坡上

传来树枝断裂的声音
冰冷的雪花钻进我的衣领
像一个灵感落在神经上
飘然而至,又倏然远去

去鳌山雪场的路上冰天雪地
与所有我最亲的人一起
让我在此困境中无比镇定
没有忧惧,只有深深敬畏

沿路安装防滑链的小伙子
送来雪夜最后的惊喜
出发时不会知道将发生什么
路上你总能找到你需要的

2019年1月

平平常常的日子

今天——
没有独自登高,
这人却,

不由怆然涕下。

不愿——
触碰尘封往事,
无奈中,
想起了陈子昂……

2019年2月

深圳,凭什么
——写给三十九岁的深圳经济特区和四十九岁的我自己

当大地冰雪初融,你呱呱坠地
江湖上开始了关于你的传奇
背负企盼,你开山一炮,沧海
一声笑,人穷志短,不曾料
海上云集着的不只粮食和蔬菜
也堆集着可怖的深蓝狂飙
以及海阔天空之上高贵的雄鹰
你凭着一块瓷实的敲门砖
轻叩文明世界敞开着的大门
如饥似渴地呼吸着洋面上
多元包容的深蓝色清新气息

满怀英雄悲情，独自野蛮生长
恨不能把身后死气沉沉的朽门
砸塌，连同门口那一尊尊
面目狰狞的石狮，那一座座
只知道装腔作势的丑陋门楼
把屈辱中奄奄一息的
疲弱族群拯救，还给
每个人该有的尊严和天赋的
选择图腾的权利，拓荒者劈波
斩浪，神州冰冷僵硬的大地上
一批批怀揣着金色梦想的赶潮人

逃离两千年聋哑者的青黄家园
冲出了雾霾的苦难者，涌向
温暖干净的南方，追寻卑微之光
不要问我从哪里来，我的故乡
已永远消失在远方的地平线
我们都流浪在祖先的土地上
四十个春秋血汗拼搏，弹指间
你华丽转身，惊艳了整个世界
你这历史虚弱谎言的爆料者
辉煌大时代的创造者与见证者
只张扬人性高贵与自由的光芒

让城市拥有了海洋的气质
跨世纪田忌赛马落幕，不负众望

技压东方之珠的你比谁都清楚
这个世界上根本就没有东方智叟
言说的弯道可以超车,秦皇汉武
墓坑里是深陷泥潭的历史倒车
每一次,总在最辉煌路口蛮横地
背光而去。边上满脸血污的老师
在嘟嘟嘟狠敲着黑板,提示有
三道硬坎已不容你回避:人活着
除了吃喝、接吻和撒谎,嘴——

总该像风那样自己干点别的
你也关心大洋上的商船和金子
能否像海水一般自由抛锚离港
人的尊严,你将拿什么捍卫
你的劳动、财富和女人。东方
智慧?正在成为地球人的谈资
历史长河里你横槊赋诗的古稀者
人们关切的也只是今年收成
我只想做一条畅游大海的鱼
或是无霾天空自由飞翔的小鸟
拒绝活在别人设置的大梦里

深圳,凭什么?凭的是胆识勇气
凭的是求真务实和敢打敢拼
凭的是海洋的宽容与自由气息
初春寒意中我仅有一个诚挚谢意
莲花山顶阔步向海的伟人身后

几代人励精图治,给族群
撕开一个走向自由的尊严出口
如今的你年届不惑,独立于深蓝
我深爱的祖国锦绣空前
先行先试敢闯实干的你啊
只问辉煌未来,深圳,你又凭什么

2019年3月

故 乡

什么故乡,远方
都是乌有之乡
大家都在岁月里流浪
就像经商
你是坐贾,我是行商
一样浅淡地高兴
或者满怀了深切的忧伤

2019年3月

清　明

晨昏之间
一面是阳
另一面是阴
阴阳之间
外头是我
里头是你
清明是一条河
深情地流淌
三生石铺满河床
已温润如玉
草封的坟头
一个重大仪式
老生常谈
你从哪里来
又将去往哪里
年复一年
有雨没雨都断魂
直到这个念想
也埋入地下

清明的渡口

永远 36.5℃

永远川流不息

2019年4月

清明节

每年清明节
会在路口给母亲烧点纸钱
小儿子很喜欢
对他妈说
"爸爸想念奶奶了"
停一下,他又说
"我虽然没见过奶奶
但我也希望奶奶
在天堂里过得
很好,每天都开心"

2019年4月

万籁俱寂

习惯了孤独
在万籁俱寂的时光里
了然尘世的种种

春天午后庭院寂静
花落的温暖质感
夏夜星空繁密
流星雨无言的热情

秋风起时，那枯叶
敲响灵魂的寒意
冬天一夜大雪就足以

抹去生死的距离
蓦然回首那一刻
你终将发现
世间种种竟与你无关

不甘地挣扎着
却听到了自己的心跳
时间长长的口袋里

塞满冰冷的生命切片
你是只时空飞船
春暖花开,你也不必
更无法拥抱整个世界

2019年4月

倾 听

在冰天雪地里
倾听雪花
飘落在旷野
我知道
你并未走远
却再也触摸不到
你的气息
雪地上没有
你的脚印
你的爱挂在天边
明亮却遥远
融化我的悲伤
春暖花开
冬树在暖阳里

新绿一树
江南百合
开在古老的城墙
倾听一段
并不遥远的沧桑
爱成长为亲情
如影随形
神往毛乌素沙漠
只有在那里
才能找寻到安慰
我把爱情
种在大漠戈壁
渴望能长出奇迹
一片绿洲之中
盛开着雪莲
在雨后
草木碧绿的花园
梦中伊甸园里倾听
毫无羞耻的赤子心声
任何语言都显得多余
眼波流转之间
爱的气息重现
只此一次的生命
漫过绿油油的水草
迎来至美时刻
所有的苦难与不幸
得报所偿

绿叶尖晶莹的雨滴
世界纤尘不染
爱应该是有生命的
爱的回报和能为爱
赋予生命的,只能是爱
海浪驱赶着暑热
沙滩倾听大海爱的私语
嬉戏的孩子们
被爱环绕着
开心的笑声追着阳光
在波浪间跳跃
手指跳跃在黑白琴键
倾听爱的气息
潮汐一般欢快涌起
然后,嫣然退去
生命的节奏和韵律里
弥漫着爱的芬芳
沁入深秋淡远的碧空
顺从季节的次序
平静舞动金黄的生命
倒入自然的怀里
每一句神秘的低语
都蓄满成熟的爱
把衷心祝福送给一路上
开了又谢的花树
像落叶般深情亲吻大地
亲吻初恋的爱人

听,内心深处的涛声
在退潮时渐渐平息
我们来过,也曾
深深爱过,就已足够

2019年4月

听　雨

你从祁连雪峰飞来
急匆匆拍打我窗
放弃风赋予你的自由
透过玻璃看着我
像小心翼翼的眼泪
隐忍,静静滑落
满脸都是你流淌的泪痕
你前世哭泣的脸
风,呜呜咽咽
倾诉着生别离的悲切
这深秋肃杀的黄昏
庄稼收获后,大地
一望萧瑟与疲惫
既然注定必须错过
就各自安好,各自精彩吧

各自满心怀着喜悦
岁月会在身后尘封一切
所有飘在空中的欢乐
雨点般滴落的苦涩
转眼风干在茫茫沙漠里
寂静的午后听雨
胸中波平浪静
澄澈明净的天空啊
能够承载的美好
不会太多,却始终有你

2019年4月

时间缝隙里的秘密

时间纠缠着生命
生命的秘密就藏在
时间的缝隙里
月光如风,掠过五月
麦田,摇落洋槐树
一地细碎的香甜
时间在记忆里隐没
自然是藏不住的秘密

生命嵌在生死间
生死的秘密就藏在
时间的缝隙里
大雪纷纷,覆盖旷野
山川,冰封了江河
一道窄窄的悲苦
灵魂穿越的那一刻
生命是藏不住的秘密

生死熔融于爱情
爱情的秘密就藏在
时间的缝隙里
渴望绝望,命悬一线
生机,饮一杯烈酒
一场酣畅的生死之恋
跋涉大漠无人区
爱情是藏不住的秘密

爱情长在光明里
光明的秘密就藏在
时间的缝隙里
特立自由,向光而生
灵魂,只听从内心
光明激活心地善良
爱是生命的全部
自由是藏不住的秘密

2019年4月

光与爱欲

月亮从海面升起
朦胧光海之上
一切都若隐若现
只有光,清晰,坚定
赋予波浪生命
生命向光而生
与光同行
光,就是美
照进最深邃幽暗的心底
爱是生命的灵魂
再美的花朵
也必将枯萎在黑暗中
爱情必生于美好
生于赤子之心
欲念未曾沾染的自然之所
当她款款走来
艺术女神青睐以灵感
可望而不可即
可遇却不可求
情不自禁地甜蜜渴望
同样多的苦涩绝望

爱情从内心释放出光明
生出的喜悦与忧伤
只有爱情能够回报爱情
如果不能完成一次热寂
欲望只在最后出场
煎熬成岩浆的滚烫
锻造炽热真爱的过程
千刀不死的能量
仿佛闪电瞬间通过导体
真爱激发出的至善
有不可思议的神奇力量
一切变得美好而悲伤
爱与爱欲在优柔月色里
一面是善良、欢喜与生长
一面是痛苦、悲伤和死亡

2019年4月

太平洋的风

从太平洋深处奔袭而来
骨头上深深烙有不羁的蓝色印记
东或者西不能定义你,南或者北
也无法笼络你。不屈服于高山

也不留恋或黄或黑的土地
只用你桀骜的呼啸宣示生命的诉求
初心不改,用你暖湿的迷人气息
深情地一遍遍呼唤沉睡大地
和大地上匍匐着的卑微缄默的草木
仰望辽阔天空,梦见蔚蓝海洋
自由高贵的灵魂只愿与雄鹰为伍

太平洋的风,你是最温暖的光
像雄鹰掠过苍茫山海之间
盘旋在巅峰大城上空,射穿乌云的
谎言,洒下铺向远方的光。
得以透进珍贵生命该有的尊严
让万物自由呼吸,目睹沧海桑田
得以见证开始风化的坚硬山体
看见这块正变得温暖的僵硬大地上
吹着干净的风的海湾,开满鲜花
每个人都感到温暖。让这个尘世上
每个平凡人都能拥有闪光的名字

2019年5月

梦回唐朝

昨夜,雨疏风骤
清梦里穿越千年风尘
踏上东土大唐
未见传言的
盛世的繁华气象
漫步残垣断壁之间
不朽的一直都是
轮回在青黄之间
被践踏的小草
金銮殿前的我
卑躬屈膝,提心吊胆
手持檀香木笏板
龙威令人窒息
万邦来朝的饕餮盛宴
喂饱了李姓的虚荣与骄狂
卖炭翁单薄的身形
无助地站立在风雪中
眼怔怔望着
翩然远去的黄马甲
一个寒战过后
忽然想起小渔村的家小
紧紧挨着东方之珠

一扇面朝大海的窗户
大海上阳光万顷
海风唤醒古老的耻辱
大南山荔枝熟了
一骑红尘准备路上
妃子笑在深宫里
后海春笋破土
如果能长出一片竹林
科技园的码农们
就可以在晚上 22:00 收工后
啸聚竹林，沐月，抚琴
饮酒，放歌
猛地就从梦中馋醒
有些游戏真不能玩
永远不应该拒绝老生常谈
还需去配副平板眼镜
需花些钱置办一身行头
摇曳的美人与黄金
津津乐道舌尖上的盛唐
回首清梦，道路泥泞
漫长，漆黑，阴风飒飒
一路上坟头连着坟头
与其怯懦在物欲的苦海
不如厚待盛世以沉醉
一路昏睡，祝君好梦
你，真心要回到唐朝的人

2019年5月

纪念挚友王莎的父亲

题记：老爷子驾鹤三年，读王老大祭文，赤子情深，男儿义重。不觉动了心，写下此诗，作为与老人一面之缘的纪念。

如果前尘往事，
不只出没在生者记忆里，
人就不用披霜履冰独自走那最后一程。
如果驾鹤西去的恩亲，
能够在我们的前方某个路口折返，
人心怎么会有雪片般的绝望积在幻灭里。
真正孤独过的老侠客，
配得上这场独一无二的盛大旅行。
一场场热闹的欢欣与悲伤，
都如朔风吹过沙丘，
扬起的每一粒细沙都将在晨昏间落定，
折射出光，折射而已，并不沾染。
不是不想飞时就体面落下的孤雁，
你的陪伴让每个日子——
都金光灿灿，原封不动，暖在心底。
有爱的生命是一道永恒的光！
不嫌一面之缘浅，只道三生有幸深。
一个自带光芒的生命，

倔强地坐在大山坡头杨树浓密的树荫里,
自在与爽朗还游走在大地上,
此时此刻,自由自在,无处不在……

2019年5月

你只能遇见你必须遇见的人

你只能遇见你必须遇见的人
尘世间所有相遇都是路口
无关的人,流沙般擦肩
热闹拥挤的广场其实荒漠一片
人们参加一个盛大的葬礼
与死者本人毫无关系
死亡永久查封了所有出口
堵住了人世间一切的爱恨情仇

你只能遇见你必须遇见的人
生时再显赫,死了也一个人走
你甚至可以很清晰地看见
却总是很难真正走近
你会在清晨茫然不知所措
也会在黄昏徘徊不知所终
所有亲自消磨的时间都有必要

一分钟不多，半分钟不能少

你只能遇见你必须遇见的人
搭桥牵线的人深藏人海
一些事发生也只是在做铺垫
另一些事等不来你希望的下文
你此生必须遇见的人出现
无论如何，你知道不容错过
直到你踏上另一条路才算
允许后悔，却不允许重新来过

2019年5月

群星陨落

群星陨落后，春天学会了与夜晚相处，成为春江花月之夜只谈论收成的农民，像菜园子里的藤蔓，以一种最稳妥的姿势葡匐成长……

当群星哑然陨落
烟花般凄美
落入荒芜凶险的流沙
下意识伸出手
年复一年，两手空空

春天还没有到来
眼看着马路上
越来越多狂奔的犀牛
一颗颗强劲心脏
跳在鸡鸣后的天空

只谈论收成的农民
抹掉汗水和泪水
大街上写满了关于幸福的
文案,黑白飘忽无常
趁着夜风劲歌狂舞

2019年5月

一个人不会失去未曾拥有的

从梦里
一觉醒来,睁开眼
什么都看不见
心并不惶恐
一个瞎子
我是不会失去
未曾拥有过的彩色世界

在梦里
一声惊雷，封住耳
什么也听不到
心并不惶恐
我一个聋子
是不会失去
未曾拥有过的动听世界
在梦里
一抹幽香，沁入鼻
什么都闻不到
心并不惶恐
我一个从未知味的人
是不会失去
未曾拥有过的美味世界
在梦里
一记香吻，侵入唇
什么都触不到
心并不惶恐
我一片未曾播种的土地
是不会失去
未曾拥有过的情爱世界
在梦里
一丝意识，投入我
什么也得不到
心并不惶恐
我一个没有智识的人
是不会失去

未曾拥有过的和谐世界
一个人,不会失去
未曾拥有过的美好世界
失去的只是
恐慌下一脑子的制服
回到将生未生之域
人只向着光明
自带无所羁绊的自由

2019年5月

尾　声

一枚枯叶
悬在灰黑的枝头发抖
什么都抓不住,摊开手
放弃,已迫在眉睫
疼痛淹没了愤怒
甚至是疲倦
所有感官坚守的阵地
一个一个失守
像一个时代的谢幕
灵魂在生命逝去时复苏
融雪般一点一点

获得了流动的自由
眼前的一切变得模糊
心底的所有无非荒诞
剩下一道光,切换过往
生命尾声
绝不会戛然而止
有足够的时间给你
打理空无一物的行囊
你必须一个人走
掠过一片皑皑雪地
你已经留不下任何足迹
慢慢地走入自己
坍塌在生命湿漉漉的尽头
一片轰然嚣鸣声中
循着初心,孤独逝去

2019年6月

暴风雨

浓云黑着一张脸
从北边天际扑下来
一座明媚大城
瞬间被扣在了锅下

时间驻足了
心湖澄澈，风平浪静
该来的必定会到来
来吧！暴风雨
用你不羁的狂风
用你利箭的雨脚
羞辱那些慌不择路的
群蚁和不可一世的
赢者，洗去天空的雾霾
冲刷大地上疯长的
罪恶，耻辱和愚昧
以及层层叠叠肮脏的血污
从平流层俯视万里云海
平畴之上，阳光灿烂
劈开云层的闪电
就像死神锋利的镰刀
收割卑劣，也收割高贵

2019年6月

清　晨

晨曦从窗帘透进来
鸟儿正婉转翠鸣

路上车子的流淌声
让人恍惚间感觉
是从山野幽瀑旁醒来
道一声"早安"
亲爱的,此刻的你
可是一样美好
空气清新,花香弥漫
白鹭低翔着
湖面沉入碧玉
生机勃勃的清晨
太阳正孕育在漆黑的子宫
水杉林里万籁俱寂
泛着熠熠生命光泽
环卫工的扫把从心上扫过
世界豁然清静了
剥掉宏大词语外衣
奉还给天空
让万物不羁地生长
天空已深情地开满了
蔚蓝色的爱和希望

2019年7月

世外高人

早熟的妃子笑
刚摘的
还连着翠绿的枝叶
摆上荔枝树下的
餐桌,凉风驱走溽热
海味珍馐上齐了
来,干一杯先
为所有过往的好日子
从这往后去
一切尽在回忆里
就像这树上的荔枝
一天比一天少
能吃的吃,能喝的喝
该吃的吃,该喝的喝
这往后,想什么
都将显得奇怪而奢靡

2019年6月

深圳湾霞光

潮汐卷起白浪
执拗地扑上沙滩
昼夜不息
你太平洋的风

神秘的喘息中
悲欣功罪的沉浮
海天苍茫
雄鹰若隐若现

对岸元朗流浮山
融入不羁的海
西天一抹
晚霞美得心碎

悄然间日沉月升
星光悠然闪烁
万物生长
神采各自飞扬

伟大的自然神

深蓝狂飙的香江
藏真于美
听,风言风语

2019年7月

蜻 蜓

一只蜻蜓栖落在路口等红灯越野车的天线上,
独自在热闹繁华的十字街头唱起了情歌。
年轻美丽身材修长的蜻蜓想起她远方的恋人,
她已经学会了在这个拥挤的城市里呼吸,
也懂得了在夜深人静时给自己放一部大片。
拉着拉杆箱走入地铁 11 号线 B 出口的年轻人啊,

真羡慕你,年轻就是资本,意味着无限可能,
你的生命账户上有大把的财富、爱情和梦想。
我当初住在莲塘时认识的一个瘦弱的女孩,
追随爱情来到深圳,那是一个有才气的帅哥,
暴雨常常模糊了她和她男朋友苍白的脸。
公寓旁那棵大榕树在城中村改造时被伐掉了,

大榕树下的士多店和胖胖的老板娘也一起消失,
那是在他们出国很多年之后发生的事情。

刚来深圳时认识的一个四川小弟,小学毕业,
在一片小文具店打杂帮小店老板送送货。
后来我做了IT主管就招他进了公司做白领跑单,
一年后他进了德国工厂电脑部,一干十来年。

其间娶妻生子,老婆是他夜大学法律的同学,
学法律的老婆继续读研后申请去美国留学,
现在他们一家三口已经工作和生活在加州。
这样的故事还有很多一个晚上肯定是讲不完,
我曾经告诉初来深圳的年轻人,你看——
前面开奔驰宝马劳斯莱斯的人就是明天的你!

深圳的神奇迷人之处就在于你不知道你是谁,
越是文明开化之地个体生命越是拥有无限可能。
蜻蜓也会在独处的时候偶尔想起过往的日子,
那些消失了的人也许正灿烂在地球另一边某处,
又或者已令人伤感地长眠在地下,都不重要!
你须懂你有权对任何强加给你的设置说"NO!"

单程一次的生命虽然坎坷却没有返程和弯道,
不要相信弯道超车,人生无非初心顺流而下,
悲伤,愉快,迷茫,也会有骄傲和喜悦。
你看这喜庆开过去的一队奔驰婚车,你再看
不远处阴沉天空下正缓缓蠕动的送葬队伍,
像一条灰白的虫子在雨后泥地上吃力爬行。

肤浅地漂浮在和平年代的人同样是不幸的,

人们对远处快速飞来的巨大不幸视而不见,
却会为注定了的不能更美好的明天而深深忧虑,
夜不成寐,或者假装做着梦回唐朝的春梦。
为了终将速朽必须付出泛着磷光的累累白骨,
就在不远处的大山后,黑色沙尘暴已经生成。

站在抖动的天线上,我只告诉你街口偶遇的陌生人:
终日跟风什么都 OK 的你已流落无依之地,
你将为你此刻浑身满满的理直气壮痛悔羞愧。
当你明白生命绝非一个只求安全送达的生鲜包裹,
你就会勇敢穿透时空奇点,听从心底的声音,
那一刻你会羞愧不已,恨不能把过往重活一遍!

2019年7月

我喜欢这样的日子
——写给六岁的小龙

我喜欢这样的日子
每天睡梦中醒来
我爱的人都陪在身边
散发出熟悉的气息
让我心神安宁
窗外四季常青的树木

枝叶间鸣叫的小鸟
用甜美歌声驱散我
一夜星际旅途后的孤独

我喜欢这样的日子
与最爱的人一起
分享阳光早餐跟足球
享受他们的快乐
哪怕是对我的批评
他们哪里懂得
我只想把这金色时光
拖得跟毛线一样长
跟小乌龟一样慢

我喜欢这样的日子
在清晨的阳光里走进
幼儿园，唱歌画画
跟小朋友一起玩耍
更让我兴奋的是
黄色或者红色风球
不用上学的日子
玩乐高阅读看电视
站在窗前看消防车驶过

我喜欢这样的日子
在暮色中进门的
总让我小激动

享受晚饭后湖滨散步
下棋，练琴，踢足球
夜晚的睡前故事
窗外路上汽车像水流过
心满意足地开始我
又一个漫长星际之旅

我喜欢这样的日子
阳光照进鲜牛奶
露营地的星空，我猜
这就是幸福，爱的温度
我还没有学会表达
很想让他们知道
心里多么幸福，我要把
这幸福写在调皮的脸上
让所有人都看到

2019年8月

灵魂似风

每当我陷入绝境中苦苦挣扎
总是最遥远的陌生人伸出援手
让我握紧希望，活到了未来

灵魂不羁似风,总在袖手旁观

灵魂似风,曾在冬夜暗示
漆黑小院里,紫丁香在冻土下
舒展她春日细碎的紫色花香

灵魂似风,游走在涌动的街头
再次给我被污名的羞辱伤痛
你被密集的陈年子弹击中胸口
落在出生前就已古老的广场

灵魂似风,轻抚螳螂绿色臂膀
鸦雀无声,蚂蚁开始群情激昂
颂扬巨大的朽轮从身上碾过

灵魂似风,生死间天衣无缝
子孙们将继续匍匐于大地之上
苍天在上,我每天磨着钢刀
白刃微光照亮雾霾,天地苍茫

盘旋御风,在硝烟战火之上
雄鹰眼含悲伤的泪水,这爱太
复杂,在时间尽头仍缄默不言

御风而歌,用羽毛织就诗篇
献给大海,献给一场深蓝狂飙
在这人迹罕至的秋夜的海滩

邂逅你,海边踏浪行吟的孤魂

我已不食人间烟火多年,杯酒
酹月,一向不识时务只亲近光
高贵的灵魂似风,要什么归宿

2019年9月

眼　泪

海水的味道
当我独自面对
一片汪洋
惶恐而无助
几番沉浮过后
茫然不知
去向谁诉说伤悲
几回绝境逢生
不再哭泣
只用蔚蓝色的笑
宣誓生命尊严
海浪的气质
渐渐知道了这尘世之上
除了爱与自由

再也没有什么人
没有什么事
值得我用泪眼面对

2019年9月

画的隐喻

风过漆黑海湾
渔火沉入梦幻深处
月亮冷笑着从海面升起
夜以色诱,真理
生逢养尊处优的时代

光,一身雾霾
早已沉入
声名狼藉的井底

撤去水墨画的背景
拿出门去展览
主题温暖和谐又美好
一片喝彩声里
门后滴着暗红的血

眼泪是最不真实的
如果明天再没有什么
配得上这场暴雨

2019年9月

半岛黎明

醒来时夜色正浓,半岛黎明
正从遥远的海上踏浪而来。
喜欢此刻万籁俱寂的窗外,
心在黎明前黑暗中沉入神秘之域……
充满了希望,就不觉得煎熬。
偶尔,路上的汽车幽灵般绕湖
游走出一个"S"后消失,
沉默的车灯隐隐送来沙沙声,
心恍然潜入曾经夜宿的山溪竹林。

鸟儿仍在浓密枝叶间静静酣眠,
翠绿叶尖挂满晶莹的晨露,
当东边夜幕泛出浅淡的灰白色,
远处传来清洁工人扫大街的声音,
一下一下像是扫在我的灵魂上。
我知道,世界正走过至暗时刻,

这是最适合做梦或者假寐的时候。
阒寂中的清醒难免孤独和苦涩，
这是确保你不搭伙成群唯一出路。

让自己飘忽的思绪活泛起来，
飘游在半岛南端黑沉沉的海面，
隔海眺望对岸明灭的渔村渔火。
兄弟，祝愿你安好，璀璨依旧。
攀上大南山的山顶，静观前海。
灯火彻夜通明的产房里正在分娩，
未来在浓黑的产道中积蓄力量。
昼与夜在一本正经做着交接，
无限沉默时空里万物悄然生长，

睡与醒，生与死，蒙昧与清明。
所有田忌赛马的胜负与输赢，
被雍容的黎明铺天盖地一一抹平，
飘散在浮云里，消失在流沙中，
在地平线两侧自行升天入地。
以死埗生，何必装神弄鬼吓唬人，
当作一段无所谓好坏的旅程吧。
生亦何喜，死亦何悲。
一想到万寿无疆，就忍不住笑场，

如此享受死亡，真让活人辛苦啊！
现在，夜幕细密之网已经滤掉了
所有的浮躁、伪善、焦虑和恐惧，

隐匿的显山露水，掩盖的水落石出。
清晨弥漫着一种清明而盲目的欣喜，
让身心沉浸于这种暗喻之中，
享受未曾经历而又似曾相识的喜悦，
随着东边天际最初的浅淡霞光，
从逐渐温暖的心底一点点缓缓升起。

2019年9月

秋分的海湾

烈焰的影子，铺满辽阔海湾。
不见水瘦草枯，也没有落叶纷飞，
昼与夜平分秋色，一派河清海晏。
只是西方熊熊燃烧着的天际线，
无比壮美，无比动人魂魄。
蔚蓝天空澄澈静谧，宣誓海的誓言
如此成熟冷静，又如此沉稳坚毅。
风，不再潮湿，不再期期艾艾。
正用他爽爽利利的绵绵情语，
深情地亲吻着情人每一寸肌肤。
迷人的寻常时光，伟大时代的精彩
璀璨，像生命至为美好炫目的青春，
总是被我们犹疑于别处的目光

错失。白色的浪花不知疲倦卷起
秋日的欢欣与悲痛，温暖的海水
与僵冷的大地之间，一次次苦口
婆心的海市蜃楼远远坐在海面，
万世太平的枷锁落入丛生的杂草，
遥远洋面上堆积着深蓝狂飙，
波澜壮阔，气势高贵而恢宏。
谁的粗重呼吸密集搁浅，在此刻，
三万公里颤巍巍苍老的海岸线，
成千上万的鲸鱼冲上海滩，喘息，
海阔天空，穿越过期泛黄的时空
硝烟里雄鹰飞越天际的阴霾，
眼里噙满燃烧着的泪水。是什么——
让你大海与天空的伟大征服者，
死士般独立在深秋瑟瑟荒原。
万寿无疆的天地主宰啊！
在梦里，我亲吻你恩赐的阳光和土地，
是聋哑之乡里的一段静好岁月？
不！烙在文明之火基因上的悲悯，
必须让美死亡一万次，才允许
救赎灵魂？唯有至纯至真的灵魂，
才配得上个体生命的尊严！而众生
早已习惯了酩酊醉行于华美大地，
在梦里饱受屈辱，相互嘘寒问暖。
带着与生俱来的残破和卑微，
一路跌跌撞撞，一路缝缝补补，

背朝深秋的大海纷纷归附于山林。

2019年9月

我心所深爱之祖国

题记：我心底，爱国是一种圣洁美好的感情。却一次次被每年这浩荡的免费高速＆长假，窒息在人潮人海全民肤浅狂欢的景点里……

我心所深爱的祖国——
从遥远史前荒蛮粗犷的东方时空走来，
坐在洞穴茹毛饮血，欣赏岩壁画作者机智的灵魂，
于衣食无着的丛林间走出，生态环保，
皮草遮羞。深陷物质枷锁和死亡恐惧的他，
像一个忧郁的后现代诗人，一脸超现实的憧憬，
神情镇定地给未来子孙刻画人类心灵的天空。

我心所深爱的祖国——
从雪域戈壁、草地平原到辽阔深蓝，
黑的、黄的或者红的土地，普天之下绝非王土。
永别了！圣君、圣贤、忠臣和传说中的德治天下！
不再成王败寇，不再炫耀田忌荒唐的赛马智慧。
永远感恩上苍恩赐的阳光下的大地河山，

祖祖辈辈哪一段好日子不是用命逼出来的？！

我心所深爱的祖国——
在散着阴气、泛着幽幽寒光的殷周青铜器上，
那些凝聚着善与质朴的艺术和科技创新，
却总署上了恬不知耻的君王们丑陋无比的名字。
春秋战国的夜空太黑，远远看去才会群星灿烂。
心灵自由，礼崩乐坏，多么大快人心！
黄陵敦煌，诗经兰亭，皆我心之所深爱！

我心所深爱的祖国——
一棵三千多岁枝繁叶茂的古老参天大树，
树根一支在关中平原沿陇海线穿过后稷的封地。
一千首诗也难以诵咏我对故乡消失麦田的怀恋。
树下黄土三尺深，埋着我亲爱的母亲，
树干根须和枝叶间流淌着我族群殷红的血脉。
我以此深爱九百六十万平方公里的生命森林。

我心所深爱的祖国——
是秦皇汉武唐宗宋祖一代天骄立足的沉默大地，
志得意满的狂浪春风吹过农夫的苍颜，
那些创造辉煌的尘埃一般卑微的天下苍生。
以及曹操杜甫苏轼这些不羁的高贵灵魂，
替正义发声的司马迁和以热血祭国魂的谭嗣同。
爱之深切，正如我切肤痛恨所有暴君明君。

我心所深爱的祖国——
像鹰、像虎、像海鲸一般孑然一身尊贵的自信，
不会用金钱权力去填充一个个心虚
发慌的孱弱欲壑。让生命做主，让公平的
阳光照进每个个体自由而不失尊严的灵魂，
绝不会荒唐地把全人类的现代文明关在家门外，
求真务实，不好大喜功，藏富于民。

我心所深爱的祖国——
会虔诚地把个体尊严和私有财产写入庄严法典。
彻底消灭掉纯生物性特权与特供之野蛮自由。
人人平等，信守契约法律。全都走出聋哑之乡。
公民在充满正义的天空下活着，不必一生忐忑。
每一个人哪怕是乞丐也能干净体面地活着。
文化花果惠及世界，然后科技创新引领全球。

如果不是这样一个我心所深爱的祖国，
降生这冰冷孤独星球的东方一隅，我也将
深爱这片土地和土地上生生不息的质朴人民。
量子人工智能与基因科学耦合的未来已来，
我们的孩子们背向未来，还在穿越要梦回唐朝，
这让我痛心疾首！为这爱，我宁愿化作一只
飞跃江海山川的啼血杜鹃，哪怕倒在母亲怀里！

2019年9月

没有哪一场雨水能让一粒种子泡汤

爱情不是花前月下
也绝非前世未了的情缘
今世注定的宿命
爱情是爱的未来状态
投射回过去的影子
朦胧，恍惚，无限美好
动用所谓包天之胆
替天兜着一个
年轻生命的喜怒哀乐
不免要撕心裂肺
要摆在疯狂与善良之间
傻孩子学会捕风捉影
神魂颠倒，肝肠寸断
痴心不改地独行在大漠
一段爱情启程于地下
一粒已悄悄发芽的种子
序曲的方式和风格
由未来爱的状态决定
两情相悦，缠绵甜蜜
刻骨铭心，伤痛欲绝
善始与善终从来互为因果

情难自禁，无法自拔
无辜无助，生不如死
经历风雨雷电的惊心动魄
柔情蜜意，如胶似漆
情投意合，儿女情长
有时仅仅是季节错配
有时其实连瘪谷都不是
但是，没有哪一场雨水
能让一粒种子泡汤
能泡汤的只会是狗粮
及时行乐的狗狗们
没有血性，也完全丧失了
狼的自由独立与尊严
狗狗向无隔宿之粮
哪里能够痴痴地把一份
美好守候到春暖花开

2019年10月

海上人生

是的，在很多时候
心无助而荒凉
像一望浩渺的烟波

漂在大海上的分分
秒秒，手足无措
是最诚实的表述
这因爱而来，真不知
该如何是好的生活
你无法判断，浪
从哪一边打过来
风，究竟是东还是西
心流放在大陆边缘
禅定的大海深处密谋
怎样的惊涛骇浪
只有鹰，孑然一身
远洋巨鲸也身无一物
有什么是无须代价的
那么，要来就来吧
这一滴海水，在心底
也能卷起深蓝狂飙
也能宁静辽阔成海面
自由而略带苦涩
因为揉入你晶莹之爱
每一天都闪烁着
璀璨而喜悦的暖光

2019年10月

快　乐

快乐，必无所羁绊
看天空中的鹰
孑然一身
心外并无一物
却有最柔软的牵挂
生命灵动丰盈
情有独钟
活着的最大财富
快乐，可以独享
分享可以增值
只是无法存储
幸福宜徐，快乐要快
像雨水滴落大地
恣意酣畅
是生命的花期
青春易逝
能带来快乐的
与生俱来，带不走的
快乐滞留于废墟
不多不少
心沉浮于欲望之海
也会快乐

却像渴饮海水
快乐在绝望中死去

2019年10月

大海、沙漠和爱情

你在我的生命里
存放有一千种浪漫
而又苦难的日子
大海上漂泊
泪水溶入海水中
眼睁睁，冷冰冰
看着我——
一条两腮翕然的鱼
搁浅在海滩
我在你的生命里
曾有过一千次苦涩
而又甜蜜的旅程
沙漠里跋涉
第一千零一个的黄昏
眼睁睁，苦兮兮
望着你——
一眼清冽甘甜的泉

自沙底喷出
痛饮生命之水
我们疯在混和着
沙土味道的泉水里
孩子般狂喜
欢乐的海洋
在仲夏之夜
宁静却从不平静过
走入海的深处
爱让时差空间消逝
看到不朽宇宙中
速朽万物之光
逐光而去,那光
照亮了你和我
生死之外茫茫太空

2019年11月

西 迁
——献给母校西安交通大学

序曲:

"学校在哪里,我就到哪里。同事们都去了,学生们都去了,我也一定要去!"

——已故西迁老教授苗永淼老先生在当年可以留在上海,却选择了西迁。

"当时国家给了一张火车票,我们就从上海过来了,这一待就是一辈子。"

——年近耄耋的西迁老教授朱均院长,面对今天年轻人的提问,如是平静作答……

第一乐章:雄壮启程

从祖国业已繁荣富庶的西部启程,穿越满眼锦绣壮丽,
我们由西向东去追寻,迎着东升的旭日和岁月尚暖的流岚;
和谐号风驰电掣掠过一个甲子沧海桑田背后的暑去寒来,
我们看到,西迁人的绿皮专列正朝着辽阔大西北缓缓走来!

西迁路上数以千计交大学生和拖家带口的教职员工,
是什么让你毅然地告别那大上海十里洋场?
告别繁华富庶黄浦江畔你优渥的都会生活,
甘愿来到这一穷二白的西部高原,开始你沸腾的生活?

衣着朴素、言蔼语软但心怀国忧神情坚毅的西迁人哦,
你伫立在远去的周秦汉唐盛世雄迈却荒凉已极的风雨中——
服从国家战略,开发建设西部,践行同心同行的初心。
让自己渐渐融入广袤西部倔强质朴而又热情善良的秦风。

你用青春生命奏响了一个百废待兴的时代最强音,

脸上浮现着的是你赤子对祖国母亲才有的真情；
你用聪明才智揭开了一个休明盛世的华美大篇章，
古老东方的历史上绝无仅有之大事件——西迁！

第二乐章：拳拳柔情

八百里秦川，八水绕长安，秦岭关峪固雄迈；
三千年积淀，华夏循正统，国运几回此攸关。
这三千年的等待啊，配得上你这一腔热血和一往情深！

没有"万里倏忽几年，人皆冉冉西迁"的顾影自怜，
个人得失的算计与安乐富贵的绸缪也与你无关。
你胸怀大局，把澎湃韶华投入科教兴国的热潮之中！

两万多个日里夜里啊，
你默默燃烧着，亲手改变瘠薄苍凉的西部；
二百四十季春华秋实，
你艰难跋涉着，探索谋求强盛中国之未来。

西迁，让中国知识分子报效国家的热情汹涌成海。
西迁精神是苍茫大海上的灯塔，指引和激励着一代
又一代莘莘学子和知识精英奔赴和扎根祖国西部，
把有限生命置于无限大爱和波澜壮阔的国家建设伟业之中！

西迁精神，家国情怀，西安交大人的拳拳赤情，
在几代交大人心底萦绕，夜夜抚拍岁月无言的崖岸……
时代与历史岂能视而不见！祖国和人民又怎能无动于衷！

第三乐章：全新的庄严使命

西迁！是缔造中华人民共和国二万五千里长征伟大壮举之辉煌续篇，

是每一位西迁人有限生命中一段漫长苦涩而又甜蜜浪漫的心路历程。

西迁！西交人用现代科学技术火种点燃和激活古老东方文明的圣火，

让我们的灿烂文化更好地薪火相传，华夏文明精彩纷呈，惊艳世界！

西交精英次花甲，回眸桃李满天下。
西迁精神今犹壮，创新港深续神奇！

不忘初心，方得始终——
这是面向世界潮流的五四爱国精神在西迁西交人身上的传承。
砥砺奋进，热血沸腾——
这是新的历史时期爱国知识青年理想情怀与使命的不二担当。

"西北有高楼，上与浮云齐……
愿为双鸿鹄，奋翅起高飞。"
西迁精神在新中国各个历史时期都发挥巨大作用，
改革开放新征程上，西交人在科研教学主战场攻坚克难，掠营拔寨，再为祖国人民创造出一个又一个不可磨灭的辉煌业绩。

在陕西这一片华夏人文初祖安息的奇妙黄土地之上，
曾经艰苦奋斗的延安精神孕育并且诞生了新中国；
在国家再次吹响西部大开发伟大号角的历史天空下，
爱国奉献西迁人自然当仁不让承担更大历史使命。

第四乐章：渴望与梦想

江南的钟灵毓秀总在西北的粗犷质朴中孕育不朽，
心怀梦想的西交大历届领导们殚精竭虑、亲力亲为；
广大师生校友齐心努力；陕西人民群众鼎力支持，
光阴荏苒，硕果累累的西迁人啊，无愧于皇天后土！

既然，西迁这一爱国奉献的精神激荡在每一个西交人的血液里；

既然，满腔报国热忱西交人只把生命安放在人民最需要的地方。

那么，西迁精神这座高耸入云霄、跨时空、贯时代的不朽丰碑，

必将永远激励科学工作者科技创新精神和创业报国的热切渴望！

一座大学，深刻影响和改变了祖国 1/3 幅员广袤西部的经济、社会和文化；

一座大学，正目光如炬全方位改变着国内乃至整个世界的大学理念与格局。

西迁精神，携带西交人家国基因和大时代烙印必将成就新的更大功业而彪炳史册！

祝福创新港风正一帆悬，不负祖国人民的再次重托，劈波斩浪，行稳致远！

爱国奋斗——爱，是语言文字，更是行动奉献！赤子之爱，"含德之厚"！

响应国家号召———座双一流的大学，只应该因此而伟大！

献身西部建设——西迁人的无言付出和丰功伟绩，必将同祖国和人民一起永垂不朽！

西安交通大学——我们因您自豪！我们因您骄傲！我们要为您增光添彩！

2019年11月

诗　境

灵魂最流连这片芳甸
碧水蔓草
四季纤尘不染
从少年忧郁的心间
铺展到今天
像呼吸，如影随形
美，只愿栖息的诗境

生长，开花，结果
爱在看不见果实的春天
我只是一个
辛苦活着的园丁
你承不承认与我无关
绝非贪慕诗人桂冠
早已习惯了没有诗的光阴
曾经生命完整的日子
因为遥远变得黯淡
赤子之心莫名惆怅
修辞与读者也与我的诗
无关，取悦自己足矣
忍不住屡屡回眸
婉转百回的脆鸣正鲜活
响彻日渐空寂的山谷
希望或远或近有人听见
哪怕听见的只是
满街青枯未定的树叶
哪怕只是飞禽走兽毛毛虫

2019年10月

稚子三题

1. 阅兵

新购玩具坦克
到货了,稚子狂喜难眠
"天明,我要阅兵"
带上飞机,装甲车
和两艘航空母舰
列队在小区花坛灌木丛前的草坪上
雨后新绿的叶子
欢快地晃动,在向谁招手
灌木丛下土里埋着
一段美好记忆,陪伴稚子
一百天的小乌龟已化身
新绿的叶子正灿然在阳光里
逝去的生命都要重生一次

2019年10月

2. 如风

爸爸——

你总是催我

快点起床

快点穿衣

快点刷牙洗脸

快别再闹

快别再哭

快点把眼泪擦干

快点吃饭

快点收起你的玩具

快点吃饭

快点吃饭

快点出门上学

快点走

快点下楼

快点进电梯

快点射门进球

快点落子

快点改掉招惹小朋友的坏习惯

快点写作业

快点回家

快点吃饭

快点练琴

快点刷牙

快点洗澡

快点擦干头发

快点换上睡衣

快点读书

快点睡觉
快点!

我告诉你,老爸——
总有一天
我会快得跟风一样
让你追不上

2019年12月

3. 悲秋

早晨,寒风乍起
戴好连衣帽去上学
双手揣入衣兜
走在碧绿的香樟林荫道上
一枚落叶
掉在稚子面前
给风卷着在地上翻滚
"好可怜哦——"
追上去
捡起,捧手里
"树叶好可怜!"
善良稚子悲秋的纯真
让阴惨的世界
瞬间变得温暖明亮起来

2019年12月

爱的盛宴

你走后,音讯全无
时间的无花果结满枝头
孤悬在霜后湛蓝的
缺氧的天空,死寂的戈壁
在按部就班的生活里
渐渐变得麻木
享受到了肤浅的快乐
似乎已经了无牵挂
精神之爱终于实至名归
就像天寒地冻之后
紧跟着就是大雪封山
只是时光常常在眼前倒流
亚当和夏娃复返蒙昧
爱曾经泛滥过的土地上
寸草不生,一望荒芜
若非罪孽深重,何至于此
甘心全盘接受命运戏弄
以及冥冥之中所有不怀好意的安排
河流呜咽在坚冰之下
转弯之后,竟也渐渐温驯
不咸不淡正流经陌生的风景
静静淌进无言的冬夜

缓行送葬的队伍踩着应季的薄冰
留恋叠加着伤悲，人死
终不能复活，爱情也是一样
触碰冷灰，心只会更冷
你来电的铃声像百灵鸟欢唱
宣告我的背运走到尽头
风已经敲响坚冰下漆黑的寒夜
来自地狱，还是天堂
时间摁下暂停键，新年的钟声
在你的笑声里提前敲响
迎春花灿烂了整个北方的夜空
正是自信的你行事的风格
无论如何，你有自信的理由
胜券在握，爱情这个鬼
真的相信的人并不太多
傻子才会勇敢而甘愿交出主动
徒手进入惊心动魄的无人区
一次次感动了孤独的自己
相隔千里，让彼此的声波失温
一个雪雾朦胧的邀请
正走在通往春天的泥泞路上
大片墨绿的麦田燃烧着
绿油油的火焰让人欣喜若狂
习惯卑微地臣服的我一筹莫展
半年前被打包带走的
生命里的全部热情与尊严
囚禁在古城的苍白青年

今夜，接到刑释的证明
行囊在肩，手握一张单程票
握着年轻而不确切的未来
一切瓜熟蒂落，自然而然
无须权衡，一切已无须抉择
一切南去的世俗考验都不堪一击
一切心头的艰难险阻都冰雪消融
奔向南方，我的阻力为零
千里赴宴——奔赴陌生之地
一场爱的盛宴，一场只有
一个客人的春天的喜宴
一个亦客亦主的私密欢宴
用二十二年开满一树灼灼桃花
三生三世之后，又守了一千多日夜
一切就绪，就等着青春盛大怒放
正印证了你后来亲口所说
仙湖的黄昏，你接到谕示
刹那间明了了我们前世的约定
你生命中至为珍贵的这场私宴
你只愿同我共享，我们是
前世分道扬镳的同一条清澈河流
今生今世汇入同一个河道
经历同样的河床与沿岸的风景
当一身风尘的我现身罗湖火车站
灿烂在明眸皓齿间的你
正绽放在尘浪汹涌的人海中
牵手后，一路上都再没松开

初春的朝霞铺满了天空
给年轻城市和满街匆忙的行人
披上神秘而欢乐的色彩。爱
没有寒暄客套,难掩的娇羞欢喜
在你我年轻的容颜上泛滥
用人间最甜蜜的语言无声交流
直到夜色深沉,端着餐前酒
我们终于像是一对尘世的恋人
缠绵在月色婆娑的榕树浓荫之下

1998年4月

西 安

你说的那个秋天,阴雨绵绵。
年轻晴朗的心,鸿集渭水南岸,
这沉淀生命璀璨的时光之城,
——西安,西安!

你秦砖汉瓦的变迁,是不是
多年以后我们散落四海的苍颜?
当年梧桐大道勤奋的漂亮女孩,

巾帼栋梁,芳踪何处?

昔享东灶食堂人间烟火的天使，
救死扶伤，仙袂飘飘。
当初翠华南路不羁的意气少年，

商海沉浮，饮水思源！
那一千多个日夜啊，魂牵梦萦；
这芳华灿烂在流金岁月的中央。

一生一世，曾和你一起
大笑过的人太多，已无法记取；
俯仰之间，还曾陪你一起
痛哭了一场的人太少。

总无法释怀！是谁——
常在五月的雨夜轻轻叩打窗棂？
伴我走过烟雨江南，莺飞草长；

陪你搏击长空，掠过异域雪原。
归来吧，长安旧雨——
曾烈马青葱挥别西安交大的你，
未负韶华！归来仍是少年……

我们痛饮封存故都的青春陈酿，
用沧桑煮酒，以真情赋诗，
把少年纯真笑容铸进灰色城砖。

2019年12月

想飞的鱼
——旁听儿童美术课《想飞的鱼》

一条鱼,一心想飞
这水族奇葩
绝非正经的鱼类
竟然渴望涉足飞禽领域

游过江河湖海
明白咸淡之后
就只想看看水外的世界

不能挣脱山川的枷锁
就随着岁月去远行
未经时光折射过滤的草木
斜阳底下吹着风

摸一摸云的华丽裙裾
哇!他真在云中漫步了
呼吸竟可以如此自由!

2019年12月

新年贺信
——给未来不确定时空里的孩子

亲爱的：新年快乐！
明天，这个词语已被透支得苍白孱弱，
再无力传达我想要寄给你的期盼——
不！准确地讲是在 12 个小时之后，
2020 的新年钟声将在东半球准时敲响。

总有莫名其妙的仇恨愚蠢地祸及无辜，
我祈祷好人出现在你令人羡慕的时空。
我的正与麻木抗争的心底静水流深，
新年伊始，放飞希望的佳机不容错过。
希望只属于未来，未来就是你们！

未来只藏在你们未曾沾染的明眸里；
正从你们尚未被东方明哲们一本
正经跑马圈地的心底慢慢铺展开来——
亘古澄澈明净，像南方海上的天空，
没有雾霾沙尘暴白云苍狗的虚张。

只有猎猎长风自由行走于高山大川，
行走在无问东西的大海之上，孩子！
请折一枝梅花衔在嘴上，把纯真赤子

放在你洁白的翅膀之上,飞回天国,
未来世界只在你们(而非老人)手里。

没有苦口婆心(别有用心?)的设置,
只要你愿意,尽情奔跑如风雨雷电,
没有风言风语,只有周围人爱与嘉许;
鱼群和雄鹰免于被病毒围猎的恐惧!
请不要向后翻看你们时代泛黄的过去。

我们相逢在把时间踏在脚下的文字,
见字如面,都是未曾丧失纯真的孩子。
过去,我是孩子;在未来,你是。
我们只用孩子独有的方式交流和沟通,
用父亲的严厉痛斥眼前世界的荒诞。

请你忘掉那些不容你选择的文明遗迹,
连同史前的野蛮和随后而来的愚昧,
和灰暗而不堪回首的拖泥带水的日子。
二十四位长生不死、狂妄虚伪的老师,
滔滔不绝的辉煌灿烂装满你的行囊。

多少青春血泪只为时代镶镀金边而生,
只有自由赤诚的孩子才配拥有真相。
只有爱马仕、LV才能定义时代的身份,
奢侈品永远是极少数人作为人的标配。
荒诞而不可理喻,你确实无法想象。

就像我此时此刻无法想象胎儿的呼吸,
那黑暗却温暖的母亲子宫里的真相。
你无法想象在一个未曾开花的果实里,
要怎样失态地竭力掩盖和迷惑,
才能不动声色地把质疑沉入时间的深潭。

像消防员一样迅速扑灭熊熊大火,
让所有永垂不朽的话题速朽,仍在
肉体凡胎上痴迷于穿越生死的木乃伊。
以致没有时间解决"生"的问题。
对!真正的问题,生死真相的问题!

这么多没有真相的浮沤穿成的项链,
是时代多毛脖子上夺目的荣耀与耻辱。
黑暗之恶和愚昧的阴云后暗藏丛林的
价值判断和性命攸关的利害得失,
太悠久的历史也意味着更强大的病毒。

个人寿命的延长与生命本身毫不相关,
技术进步对于社会的文明进步于事无补。
愚昧这邪恶的渊薮令人痛感沮丧绝望。
我是带着羡慕真心祝贺你对此大惑不解,
用你不羁的青春奔跑如风,摧枯拉朽!

你的智识不会容忍别人(活着的或已经
死掉的——包括我)的忠告把你弄蠢。
无论如何,你不会放弃自己正常的智力,

这是全人类比战胜自然更伟大的胜利!
虽然你也将不可避免地面临着善恶纠缠,
这对同胞兄弟——就像你必然经历昼夜。

但你不必有我这般的担心,恶必然指向
自我毁灭,愚蠢和懦弱需要爱慢慢疗治。
像我正在经历的时代,善恶如影随形,
善,虽令人心动,恶也不至于让人绝望。
常常逼我至绝境的是愚昧、伪善和荒诞。

祝贺你!孩子,在我给你写这封贺信时,
仿佛都听到了从远处传来的正义呐喊。
过往盛世衰世的一切荣辱都已随风而逝,
历史的血色天空布满不尽的苦难与无奈,
兜兜转转虽难,却未曾改变一路向前!

因为前方有光,有人类生命初心的召唤。
这初之光永生——而非向死——而生!
你不知道,并非所有时代的阳光下都有
明耀的火焰,太阳下也有血腥邪恶。
我只祝福你的时代山川依然雄伟壮丽。

祝福同样的阳光下,岁月的长河温柔流经
你的生命!这是我向往的一种珍稀美好。
所有的天经地义都珍贵如空气,来之不易!
就像我每一天司空见惯地奔驰在荒凉了
上万年的海面,我当然为我的时代骄傲!

全部时代荣耀归于工人，农民，企业家，
以及知识分子，这些被之前历史或多或少
忽略的人以自己血肉之躯为时代奠基，
在内心也葆有了人类善良和正义的火种。
务必记住这些你们时代恐不会再有的面孔。

亲爱的，你将更深刻地领会到爱的意义，
徜徉在自由的海面，带着艺术的美感生活，
善是永恒的爱，自带光明引导你的爱远航，
勇敢沉浸悲欢峰谷，升华平凡琐碎人生。
不要丧失精神生活，变得残缺而令人同情！

其实，那是比残疾人更为可怜可悲的群体，
唯一相同之处是你和我都握着一张单程票，
都有着青春的迷失和成熟后的欢喜笃定。
最后，祝你在那么美好时代不会宝山空回；
回顾一生时精神丰盈如麦种，未负韶华！

2019年12月

少年故乡

少年故乡是一望无际墨绿麦田

晴空万里，少年常躺在草坡上
凝神高空流岚，置身缥缈梦幻
紧紧揪着风的长鬃，天马行空
俯瞰村巷麦浪，踏着炊烟神游
我长大的世界让故乡如此沧桑

少年故乡是尘世上的烟火人间
少年夏夜仰望繁星灿烂的银河
畅游神秘星际，情迷深邃浩瀚
悄悄地跨上夜幕中遁世的流星
自由驰骋生命之外的茫茫宇宙
我沧桑的世界里故乡浓妆艳抹

少年故乡是枯叶纷落的阴雨天
少年走在衰草重霜的寂静田埂
满心忧郁哀伤，大地失血苍凉
高远的寒风镇痛我正忧伤的心
让痛生根与苍茫大地血肉相连
我巨变的世界前故乡雾霾辉煌

少年故乡是冰雪中悲伤的村庄
母亲生命遽然坍塌在大雪寒夜
两眼荒寒悲凉，一只孤雁落单
在漆黑寒冷的夜风中徘徊哀鸣
春天成为生命热情的唯一出路
我老去的世界里故乡黯然神伤

2020年1月

少年日记
——致一位三十多年的老友

少年日记,风掠过深秋泛黄的废墟
落寞的紫丁香小院走出忧郁少年
看见飘落的时光背后踌躇满志的你

文字风化成令人汗颜的生命切片
多年以后,翻开日记依然触目惊心
曾并肩跋涉在过往虚妄的沼泽里
终究谁也没有越过彼此生命的鸿沟

深疑水土和方言充当命运的舵手
疏离赤裸的灵魂,生活沉入朋友圈
听秦腔在日记茂密林地上空激昂

一个稳稳当当长在落草之地,一个
仿佛在末路狂奔。没有谁的逃跑
不是慌不择路,惊慌也甩掉了浮沤
你坐拥一方水土,自得天地之势

反复讲述咸阳塬上汉家陵阙的辉煌
大写意石牛眼望远方不羁的大海

把身不由己的叹息落满了你的自矜

你我距离被时间拉大,扯得生痛
即使出现空间重叠仿佛也无济于事
让分别像一阵秋风留在故土陪你
深爱的故乡,有我无法言说的辛酸

错过的芳华躺在渭河滩的软泥上
成功赢家都愿回到灰头土脸的过去
无视懵懂中的善恶美丑蘖枝散叶

你轻而易举就回到面目全非的过去
时光替你滤去记忆中硌脚的砾石
惨遭凌霸的校园为你摆满鲜花掌声
极力配合曾必须仰视的现在的你

主席台上向学子再一次调高了调子
换了是我也会像你一样慷慨激昂
但我还会嚼着苦涩诅咒。少年日记

为充满理想的黄金年代背书立传
邂逅在彼此都远离理想的穷途末路
又以冷漠的方式任比特快意互伤
我看见远处的沙尘暴踏上漆黑夜路

一个渐入花甲的孤愤背影,你却
在两千年智慧里练就金刚不坏之身

乌发新染，逆来顺受，志得意满

我要祝福一棵老树不容羡慕的香火
欲望的大海上你我所见大不相同
智识担当与道德责任已然泾渭分明
所言著述跟言必庄周也大相径庭

像风用一万个理由轻易说服了自己
并在确信也能说服小草和大树后
一次一次做出的背离了初心的选择

少年日记藏在时光里的生涩懦弱
消失于日落时分后稷落寞的背影后
调侃对方容貌彼此阻击价值判断
史家般精选记忆并擦掉曾历的伤痛

如果再生也能拥有如此选择权利
该多好，你我间隔着的是这个一意
孤行的时代，这渐行渐远的少年

日记，已不在你我掌握之中。一粒
浮尘飘在光海，一叶不系之舟荡
在云烟里。不忍炫秦岭渭川的沧桑
也不忍机智如你，夫子自重如山

2020年1月

深圳爱情

深圳绝恋
像是在撒哈拉祈雪
比不上思春
来得绝望凄美
把芳华种在
坚硬的钢筋混凝土里
把至死不渝悬在
莲花山下浩荡的 A4 纸上
"你们九九六,多好——"
"我们是九九七!"
不自在的人生看上去
也可以很美丽
年轻疲惫的脚步
苍白着接近
永远也无法抵达的爱情
大旱望云霓的年份
注定了,颗粒无收
奋不顾身也只是为了
能活在这一座
永远年轻的城市
夜色深沉的海面上

卑微的尘埃飘过
那看似无处不在的自由
也有深不见底的沉重

2020年1月

宁静的日子里

宁静的日子里
心无挂碍，暧昧的白云
流经未曾到访的山谷
疏离纷繁的尘世后
城市遥远的尽头
带着不为人知的忧伤
摆脱了真相的纠缠
空灵寂寂，和谐安宁
沐浴山间清风明月
重获澄澈初心
像是钟磬之音穿透时空
全然不同的世相展开
恍若隔世，似曾经历
沉浸并且享受这份孤独
得以如此亲近生命
却又不再生出少年的颓废

飞翔在最亲密的空域

感受彼此孤单灵魂

像彩蝶的翅膀,轻轻震颤中

豁免了死亡日益长大的阴影

一种未曾经历过的

流过宽阔河道的雍容

意味某种新的生命已经开始

我也终将失去大地

消失于辽阔的蓝色海洋

这正是我一生的渴望

我期待这样的告别和启程

心生细碎的喜悦和悲伤

好像在新婚之夜

由衷地赞叹生命里那些

浓稠的苦难和眼前确切的美好

2020年1月

苍　鹰
——给五十岁的自己

苍鹰都是孤独的,在每一次重生之后,
再一次毅然面对阴晴不定的草原,
草原尽头皑皑的雪峰,或者,苍茫一万年的大海,

毫不犹豫地为自由付出代价。高贵灵魂的选择,
像风一样执着,深情,又常常茫然不知所依——
一次次用翅膀丈量生命的
深度、宽度和温度,一个雄伟的钢铁意志,
深藏在每一次闪电般的俯冲里,璀璨,像一次星的陨落,
带着悲壮与优雅,触及生命暖流之下粗粝的河床,
以及投在河面上孤零零的灰色影子,
在最后一个孤独的凛冬,
以光的速度射向苍茫云海,
把未及解封的大地远远抛在身后。

2020年1月

赤子之爱
——献给大爱逆行者和所有善良同胞

又一次奋不顾身奔赴江城
灾难恐慌人群中行色匆匆的天使
逆行者赤子之爱植根天地大德
因我灾区受难同胞扎心而痛心
你坚毅的背影让我双眼含满泪水
以你年轻的血肉之躯扑过去
拼死挡住邪恶死神疯狂的镰刀
把手足同胞护在双翼之后

你更懂金刚不坏之身谁都没有
恐惧像病毒，人传人，流布四方

谁不是牵肠挂肚一家妻儿老小
能慷慨解囊的每分血汗都不容易
不是赤子，谁肯付出一腔热血
准备把生命放入灾难募捐箱的你
同并肩火线的正义军人一样悲壮
你天使的翅膀扇起大爱呼啸
海内外赤子争相募集善款
掀起天地间一波波良心的狂澜巨浪
天灾人祸这一把棱镜前
你善良者高尚的灵魂
在阴霾里正熠熠闪光。不论异域
游子或者寿光菜农，心是一样滚烫
不论千万富豪，还是升斗小民
情都一样深沉。冰冷坚硬的世界
唯人心温暖柔软，方寸之间
最是赤子之情有尊严而难却
深谙利害得失之心者岂肯为国赴难
为灾难中罹难的无辜生命默哀吧
冰冷飙升的数字拷问每个灵魂

人间天使之光穿云透雾，洒满
神州大地。历史以善恶铭记灾难
燕然勒石非你所求，你纯真大爱
已写满祖国大地与天空，随着人心

写入华夏民族珍贵的文明基因
明天摘掉口罩自由呼吸的孩子们心底
将涌起真正自豪高贵的神圣感情

2020年2月

后记：北京著名中医周良震师兄发来旅美西交大医学82级褚保成同学为赴武汉抗病毒瘟疫第一线战场的陈葆青同学一行辗转捐赠防护物资的感人事迹。读后再次感动，逐作此诗志之。

光的追问

春天，光柔在暖风里
追问忧伤的少年
花儿开满山坡
小鸟在林间欢歌
是否记得你生命初心

夏天，光跳跃麦浪上
追问火热的青年
爱情自由生长
星光灿烂夜空中
是否懂得你爱的使命

秋天，光奔跑血管里
追问麻木的灵魂
城市灯红酒绿
柴米俗情围城里
能否以眼泪书写孤愤

冬天，光奔跑雪原上
追问沧桑的老者
剥离俗世外衣
裸魂于生命崖岸
能否承受住悔锤愧炼

2020年2月

口罩文明

挂了快递员的电话
匆匆下了楼
猛然发觉
我出门忘戴口罩

心非惊惧小鹿
而是羞愧间一闪念

人类先祖的皮草

文明人都戴着口罩
而我,像个冲出丛林
裸奔着的野蛮人

2020年2月

爱情青花瓷

爱情是到代的成化青瓷
官窑的青瓷花菰
穿越千年光阴
纯洁高贵,超然自由
一旦步入婚姻
装入油盐酱醋茶或米
三党六亲七姑八姨荤素杂糅
磕磕碰碰,豁口裂纹
难免酸甜苦辣腥膻咸
需要内心的坚守
脆弱无助的你越来越输不起
更是赢不起!一地鸡毛
东方古老的家庭穿梭在时光里
鳞次栉比的爱情坟墓

出土悲伤的瓷片
这让多少青春少年如此绝望
以致甘愿在仅此一次的
珍贵生命里眼睁睁错失一切

2020年3月

这个春天

注定很不一般
大河泥沙俱下，流经
风陵渡口的迷雾
前面无法预测的河床
沿岸迥异的风光
白玉兰静静绽放在岸边
鸟语清澈惊心
花香遥远而寂寞
人们口罩遮颜
恪守安全的姿势与距离
一个前所未有的夸张的春天
谁拥有信念和渴望
谁就能穿越未来
灾难掀起滔天狂澜
祈祷风平浪静

人们摘掉口罩沐浴春光
在落定的尘埃里
清明踏青,凭吊逝者
万物终归于大海
脆弱者由此变得强大
除了再度自由呼吸
也将明白呼吸自由的珍贵

2020年3月

诗经国风

风吹过东方的清晨,
四月的气息扑面而来。
渐行渐远的时代,
个性舒展的岁月,
鱼和鸟多么不羁!
"式微式微,胡不归?"
兽凭角力赢了通吃,
应季交配,复制基因。
人,走出蒙昧,
因独立而生出了尊严,
追求爱情成为本能。
在爱的烈焰中涅槃重生,

在烈火中净化欲望,
血管里流淌着的愚昧意志。
顺着粼粼波光而上,
如花的哀叹漂浮水面;
穿越成王败寇的轮回,
两岸灼灼桃花静静开在
星河灿烂的夜空下。
踏着白露秋霜,
青春风行的男女多么美!
让雅然盛装、听腻了
颂歌的周天子也忍不住
四方追慕去采风
给我们留下了这本
被哈喇子一次又一次
洇湿了风干的偷窥日记。

2020年4月

木 棉

春风徜徉在时光深处
吻过新绿的枝头
静寂午后,好似潜入幽深海底
—天空暖阳

正哗哗哗地倾泻着
把木棉树苍劲的身影
紧紧摁在草地上
满地火红的木棉花重回枝头
生与死深情拥吻
鸟鸣啁啾
灰色身影掠过花枝
这悲壮,让人羡慕
英雄正以烈焰般的眼睛
执拗望向无垠苍穹
不必等绿叶到场
英雄从不用勋章背书身后
生命如此短暂
却也可以无限美好
越是在看不见绿叶的枝头
燃烧越显得比活着重要

2020年3月

爱情是一个人自己的事情

爱情是一个人自己的事情
喜欢才是爱情的捷径
如果人就是他自己所爱之物

遭遇爱情，就是一个人
找到了他在现实世界的投影
自然萌生渴望拥抱的冲动
就像一粒种子在谷雨中长出嫩芽
一条河流滥觞于空寂山间
月光里花影带香撒满五月大地
你的一生有没有爱情
与别人无关，与个人际遇也
没有关系，爱情只自由汹涌在
勇敢者无限悲悯的心底
未必一拍即合，两情终须相悦
爱情不是欲望的优雅交易
不是幼苗叶子上的露珠
也不是水面倒影的春花秋月
真的爱情是河水流过粗粝河床
是心灵契合刹那的欢乐忧伤
这与你爱的对象关系不大
这才是爱情总带着悲悯的原因
情人，是爱情在现世的投影
爱情只深藏在你内心深处
你永远触摸不到你爱的那颗心
爱你的人终究无法理解
深深植根于自由高贵灵魂深处
陪伴着生命奔涌向前
每一秒都不会重复任何别的生命
除了你，没人可以阻挡或者结束
一场真正穿越生死的灵魂之爱

没有哪一场雨水能够让一颗种子泡汤
没有哪一颗露珠能压垮幼苗
也没有哪座高山能够
阻拦一条流向大海的河流
热恋中的人啊！请不要
不要嘲笑白发老人絮絮叨叨
当你真的找到你的真心爱人
用尽你生命热情，哪怕撕心裂肺
潜伏在绝境深处的死亡之谷
静候死灰复燃，有情人终成眷属
你爱情的序幕将徐徐拉开
天长地久的平淡中需要顽强
二十年的艰难陪伴之后
你终将明白诗人现在所说
会明白爱情是你一个人的事情
就像大限来临之日，无论如何
你只能一个人带着悲欣孤单单归去

2020年4月

贸　经

氓之蚩蚩，抱布贸丝。匪来贸丝，来即我谋。

——《诗经·卫风·氓》

这是一个古老行业
让人体面地各得所需
比楔形文字苍老
从皮草遮羞的易货到 DCEP
历久弥新，浓缩了
全人类的文明之母
她独行远古时空
阴差阳错里
孕育出三个孩子
宗教、哲学和艺术
并在产后，抑郁至今
每笔交易背后都藏着算计和秘密
像一个文青误入财院读了商科
谁都知道这是驴跟马跑
却没人知道智慧树下
流淌着的爱情琼浆
只在傻瓜的唇齿间芬芳

2020年5月

注：1. 贸经，贸易经济简称，又称"商业经济"，为财经院校专业系列与专业名称。

2.DCEP，数字货币（DIGICCY）的一种，是中国版数字货币项目，即数字货币和电子支付工具。

后 浪

后浪卷过古老河床,
前浪已消失于苍茫远方。
留下的只是淤泥水草,
纠缠不清的粗粝,
以及无处不在的浮沤水垢。
我看见温暖的河滩细沙上,
坐着寥若晨星的幸存者,
正在两堆灰白的青春冷灰前,
读那荡漾在水面的诗行,
叹息曾经激情燃烧的岁月。
他们从怀里掏出夜光杯,
对着纯净夜色,以泪埒酒,
洒向苦难无言的大地。
扭曲的河道在岁月里摸索,
沿岸不一样的风景里,
泥土味道却是如此熟悉。
大地深处埋葬着,
同样肌肤的亲人与仇敌,
像母亲子宫中熟睡的婴儿。
后浪总是身不由己,
接受前浪的忠告与恭维,

硬塞繁杂琐碎，灌输固执的习气，
这是古老智慧自矜在轮回。
奔腾吧，后浪！
无论欢歌向前或者悲咽徘徊，
你的基因里写满了，
前浪殷切期许、悔憾以及诅咒。
狂风袭来时不要彷徨忧伤，
随波逐流，不要辜负
静水深流之处忧伤积蓄的力量，
不要丧失至关重要的
能于绝地掀起狂澜的勇气！
绝不回避险隘恶滩，
分得清眼前的回旋与逆流，
一路向前，绝不回头！
你生命初心撑起的，
本是一片不羁的天空，
是明净天空下那一座座耀眼的
皑皑雪峰对大海的一往情深！
即便是在大雪封山的日子，
也封不住雄鹰的翅膀，
挡不住年轻的心
去海边弄潮踏浪的脚步，
因为没有一座山的伟大是自诩的，
没有一片海的波浪是平静的……
奔腾吧，后浪！
你只属于仅能青春一次的你自己，
用你眼底清澈的光，去点燃

你心底沉睡已久的生命烈焰!
面向无尽蔚蓝,奔腾吧,后浪!

2020年5月

诗 注

苍天,苍生,
爱与自由。
是我这一生
所作的诗
全部和唯一的注解。

2020年8月

寒 夜
——我亲爱的母亲逝世三十六周年纪念

惨白病房里,你正步入圣洁的来世
——你来了……你回过头说
——嗯。连这最后的道别,都欠你

两个字。病魔趁寒夜发起最后一击
你在悲欣交集中飞升光明之域

童年的春风中那只断了线的纸鸢
孤独飘入深秋暮霭寒烟编织的乡愁
初夏月色里槐香摇曳,麦浪翻滚
晴空下爽朗的笑声震落树上的积雪
你是主宰我生命初程的唯一神祇

长大后才明白你为所爱付出的沉重
代价,将自己生命一寸一寸典当
用赊来的光阴为我撑起瑰丽的天空
直到掏空你自己,再也无力支撑
终于坍圮在雪白病房冰冷的病床上

……黑暗中茫然走过村外小桥
刺骨的寒风正裹着呜呜咽咽的河水
从被坚冰划过的麻木河床流过
今夜,只剩下一只手攥紧了我的手
永失所爱,一瞬间苍老的哭号

被黑风吞噬,凛寒中无措的少年
而村庄,一艘沉船静卧在昏暗海底
一座阴冷死寂的幽冥之城沉入
梦乡,有几次循着脚步声回头张望
黑暗中始终不见你温暖的身影

凄楚的冬夜像位悲伤难眠的老人
一袭黑衣悲悯伫立在村口老槐树下
一对悲伤无助的父子回来，推开
那扇在今夜永远关闭了的幸福之门
死神贴上了白纸黑字冰寒的封条

用皲裂的手备好过冬的粮食和菜蔬
手织的粗布——你生命的化石
现在还夜夜轻抚着你的孙子的脊梁
孩子们过年要穿的新衣叠在箱底
这太多的牵挂你该是怎样的不舍啊

炕头上，我买给你的面包已经风干
是临终前一天你唯一奢望的美食
让我在余生一见面包就能想起你
想起你用生命施予我的尊严，想象
爱与希望，幸获尘世的幸福美好

珍藏对你的亲切回忆和爱的温暖
根本无法抵御和抚慰我所有的悲伤
眼前所见的世界晨雾般凄婉空虚
记忆里，满满是你高贵的光焰
像明耀的太阳浮上白雪皑皑的神峰

像一轮皎洁如水的秋月初上东墙
你忍痛宰杀唯一母鸡补我病弱之身
我跟你去工地吃掉你午餐的面条

你踩着我睡梦中的积雪早出晚归
冬天流的汗不比夏天少的血肉之躯

是母爱和大爱让你生命坚强地燃烧
执着到最后一刻化为悲伤与欣喜
痛恨没在你临终那刻陪在你的身旁
成为我如此多的假痛悔中的真痛悔
成为我如此多的假悲伤中的真悲伤

让无以报答的爱孤独生长在尘世
你已从地平线之上语言的世界消失
很长时间我都躺平在失控的时空
你静静躺在明堂临时支起的板床上
穿着你为奶奶准备的簇新的老衣

一动不动,你冷吗?我悄声问你
无视号啕而至吊唁的亲友,直到
第三天才签收了这来自死神的公函
悲伤像太深的伤口,流不出血液
积雪下,冰封的河流昼夜哀鸣

像被人扼住了咽喉不能有效呼吸
悲痛像疯狂转动的轮子,停不下来
巨大的哀伤如爱袭来,势不可当
冰碛物尖锐刨蚀着悲伤空寂的幽谷
囚在灾难里的心原来放不出哭声

仿佛无助地落入漆黑无边的虚空
你离我越来越远，你的爱越加强烈
像从已经坍塌的矮星传过来的光
泣不成声的我跟你说不出一个整句
心痛另一个世界里寒夜独行的你

雪，就是从那天开始飘飘洒洒
一下就是三天三夜，我真怕你会冷
却无法触摸你令我胆寒的玄色丧服
你注视着我，很近，又如此遥远
你是不是也跟我一样的悲伤和无助

在铅云低垂的风雪旷野恍惚看到你
惊喜的我疯狂追赶上一个陌生人
也常常在夜深人静时侧耳聆听门外
生怕错过你叩打门环的声音，开门
搅着暴雪的烈风闯入才让我清醒

后来许多年里我都在做一个梦，你
只是走失了，在陌生远方与你相遇
十年，又是十年，在失望沧桑的
年轮里，我一路跌跌撞撞长大变老
我在路上渐渐看清你我相遇之地

隔着我的余生，我看到你一脸安详
此刻黑夜再一次铺满你冰冷灵床
微弱的烛光像一块白布，令我心碎

扭曲的时空遮住了你美好的灵魂
坐在你爱的温暖和你高贵的光焰里

回煞之期,彤云密布,风雪稍停
按我的属相必须躲煞出门一个时辰
我就是死活不肯离开你的灵堂
一心要再见你一面,昏暗的烛火
在一阵冷风中遽然腾起明耀的光焰

不由自主浑身寒战让我毛骨悚然
心一下子揪到嗓子眼,停止了跳动
使劲抹一把被眼泪模糊了的双眼
我睁大了眼睛看着阒寂凛寒的灵床
除了一动不动的你,什么也没有

看到我的你该是怎样的肝肠寸断
离开这个冰冷的世界,你不负此生
却要眼睁睁抛下未及成年的儿女
看得见他们在冰天雪地里昏天黑地
也看得到他们成人后桃夭嫁娶吗

面前这个被掏空的冰寒世界遽然间
变得虚伪,残缺,极其可疑
正在某处俯视观察着我的你是不是
也有同样的感觉,我的泪水和血液
孤单单流在我们都熟悉的时空里

为你新买来的松木棺材就摆在门房
刷了三遍生漆，已经乌黑锃亮
眼看你被人抬着小心翼翼放了进去
三寸长的铁钉一点一点钉进棺盖
我不相信你会就这样撒手而去，不！

赶紧打开！快！晚了你就会被闷死
三寸长的铁钉又被一点点吱吱启出
又一次掀开棺盖，你神色平静安详
泪水再次打湿你的新衣，对不起
这会不会让一向体面要强的你难堪

你用爱温暖照亮的漆黑宇宙一角
不会在你离去时坍塌和熄灭
让我这转瞬即凉的赤子泪水去陪你
我身上唯一你能够也愿意带走的
厚施薄望的你把太多的爱留在尘世

你给了我生命并在我生命的春天
用心血给我的未来灌满了甘甜浆汁
仿佛大地向四月的麦穗倾其所有
在生命初秋的瘠薄疲惫中悄然离去
你这个聋哑儿眼睁睁无助而惶恐

十四年里你说过的话我全部忘记
曾经对你说过的话也一句都不记得
那些话仿佛漂在水面，浮在空中

不属于你和我，也不属于别的人
你的生命之爱已经弥漫了整个宇宙

顶风冒雪，踩着村路的冻雪冰碴子
端酒菜送到正在为你挖掘的墓地
村民们没有像往常干这种活时那样
喝着酒调侃，像披霜的荻花蓑草
他们悲伤地坐在积了薄雪的新土上

一个个默然吞下三两口凉菜和辣酒
沉默着拾起工具，下去继续挖掘
这条田间小路到处有你的快乐艰辛
这几日我每天都要认真走两遍
我的生命悲欢从此融入这片土地

你只是暂时消失于这片土地之上
爱与梦想将随着你执着的热情
复活在年复一年越冬返青的麦田
你只信赖诞生于人的手掌之物
那些能带给人清白和自信的德行

你是这世间母亲中最好的那一种
作为母亲，你只立足于爱
而不是立足于母亲、母性或别的
给了我强壮的感受能力和勇气
赋予我诗性人格，成就真正的我自己

出殡起丧的光景,天终于放晴了
满街悲戚的村民在凛风中流下热泪
村里最盛大的老年丧也未曾如此
一个卑微的人有怎样的美德,才能
轻易赢得所有人甘愿奉上的哀荣

送丧的队伍像条哀龙蜿蜒出村
震天的哀号声响彻隆冬凛冽的晴空
我头顶瓦盆,被表舅架着走在
最前面,关中大汉的撕心裂肺像是
在吼秦腔《下河东》,慷慨悲凉

他流着老泪呵斥我,要我像个男人
离开村口上大道时猛地夺过瓦盆
举过头顶狠狠地摔碎在冰冻的路面
神奇就发生在瓦盆破碎的一刹那
我的声线突破梦魇幽闭,亮出悲鸣

我的悲声紧咬着瓦盆碎裂的声音
回荡在雪后凛冽的冬野,重生了
一股粗犷的生命巨流狂野咆哮着
决堤了胸中的块垒,清冽空气中
开始弥漫出一种孤寂的苍凉与悲伤

我明白这是一个千古诀别的手势
希望灵车里的你会感到欣喜慰藉
一个不虚你殷切十四年心血的生命

安心去你生前虔诚祈祷的乐土吧
你我将在两个世界一直相互凝望

你离开的残破世界，除了空还是空
因你降维的时间凄凉、荒芜而混沌
像一条空空的口袋在寒风中飘摆
等着装入我孤苦余生里的全部收成
你会在你的世界里默默地看着我

褪去空间外衣的音容像灵魂般无依
只有爱，穿时越空，顺生命而下
你现在已化身山川万物，日月星辰
我会在每一个阴晴风雨寒暑晨昏
带着你的爱、善良和勇敢坚毅前行

你身后这个时代，一座村庄的变迁
比变化的人心还迅疾，你生息的
大地和月光还在，吹过小沛河的风
也依然如故。可是，麦田消失了
带着你生命气息的乡亲也越来越少

漆黑寒夜里想起你，窗外海风呜咽
我的妻和孩子们都已恬然入梦
三十六年前的死别在今夜长歌当哭
恍如隔世。你的爱，同三光永光
我们将在时间终点的爱之光海重逢

2020年11月

阳光明媚的早晨

黑夜褪去
阳光倒进玻璃杯
鲜牛奶
端上餐桌时
鸟在繁密的枝叶间欢唱
荒山大川
或者,此时此刻
开始热闹的城市
清冷的乡村
所有人
面带不同的面具
开始享用
光正穿过窗棂
尘埃飘浮,也许
时间真的只是一个幻觉
没有过去未来
漫漫人生里
有的只是
明曜星光一样的
爱,单枪匹马
向着玄远漆黑的宇宙

勇敢生长

2021年1月

立春日抒怀

海面上阳光灿烂
凶年岁杪,疫霾渐渐散入荒芜
死亡和新生,来来往往
穿梭在拥挤的地铁口
悲伤过后
梅花吐露的春天气息
拂过黎明前阒寂的林梢
破冰的轰鸣声
响彻了漆黑的河谷
黑色包裹正在打开
苍老,嘶哑,声嘶力竭
在寒夜里静静燃烧
照亮自己,温暖同类
为了在春天里摘掉口罩
自由欢畅地呼吸

2021年2月

爱的短章

1

人在年轻时，
其实谁都像歌中所唱：
一无所有。
如果，再没有爱，
拿什么继续活下去？
每个孤单的灵魂，
都会在路过的谷雨节气，
爱过，或者错过，
只有诗人能够爱过以后，
又在他的诗里，
再爱一次……

2

真有人才华横溢
那不是我
就算他能写出
一万首传世的诗篇
名扬天下

可如果心里没有爱
就什么也不是

3

鸟挥动翅膀
把自由写满生命的天空
鱼在大海里
一言不发,却拥有
比肩老渔夫圣地亚哥的
尊严!我呢?

4

为麦穗作诗
为暮霭中的炊烟作诗
也为土地
以及土地上的牛马作诗
为一切孕育生命的
美好而卑微的事物作诗

5

读我的诗
如果你心中
激起微澜
我保证

你触到的
只是冰山一角
所历全部美好
都深藏在
苍茫的海面之下
藏在词语的密林里

6

烈日升腾
海面波涛翻滚
无比壮美
如果没有诗
就没有美
美是诗人的孩子
而爱,是诗人的恋人
如果没有爱
诗人就死了

2021年3月

雨 水

顺着丰沛的雨水回眸

生活就像满地泥泞
黏稠，沉重，步履维艰
古老的痛苦缓缓爬行
单调的天空吞咽着
所有不见天日的日子
带着不可治愈的衰朽宿命
初夏茫茫雨雾里
氤氲着太阳曝晒之后的燠热
仿佛无限循环的苦难
挣扎在无辜万物之中
多么疲倦啊，太阳
如果离去才能带给人清凉快意
所有留恋就都充满恶意
哪怕每一个日子都长满荣耀
泡在雨水里的庄稼
渴望生长，宛如春天
渴望一场朝圣灵魂的爱情
把时间交给远方吧
岁月的流失才会变得容易
眼前穿越天空的雨水
冰冷，真实，触手可及
落入布满阴云的宁静湖面
激起生命的楚楚波纹
多像行走生灭之间的灵魂
川流不息，发出叹息

2021年5月

端 午

楚国三闾大夫投江后
诗人卓然重生。而赢者——
对,烜赫的暴秦也算
如鲫赢者的嘉年华开启

这神奇土地上奔流泛滥
日益沉重的岁月轮回
屈辱与沧桑沉淀成的积习
太平洋猎猎蓝色风潮

一次次被强悍地阻隔在
真假难辨的爱恨彼岸
天地兮悠悠,瞻顾兮茫茫
汨罗悲歌兮年复一年

今夜谁会怆然独步江岸
角黍经幡,谁又横槊赋诗
谁在历史的天空下隐忍
谁把糯米香粽抛入江中

幽飨水底两千岁湿冷亡灵

写满江面的楚辞,绚烂
明曜,芳香,令人魂断
月洒诗人熠熠闪光的桂冠

一个怀瑾握瑜的丹心赤子
凌波而来,低唱以月光相伴
郁郁悲歌"哀民生之多艰"
所幸不必再号丧一姓之江山

2021年6月

注:秦"二世而斩",国祚14年(前221—前207)。

跨海大桥

海风吹过斜拉钢索
银色跨海大桥正呜呜悲鸣
伶仃洋畔,两处荒滩
夏日晨曦落满瑟瑟发抖的海面

沿栈桥纵深出海,身后
汹涌的欢歌冲刷着黑色礁岩
消解空气中铿锵的词语
缄默的波光依然怀有

不羁初心,却已丧失了意义
像一个无辜悲咽的孩子
梦里的海湾失去了双臂
踽踽独步,袖管空空荡荡

阳光从暗灰色的密云后射出
惊醒林间一对昏睡的白鹭
优雅而哀伤地飞离红树西岸
栖落在孤零零的灯塔上

望眼欲穿,流浮山横在眼前
再过去就是浩浩太平洋
干净的风浪拥吻白泥海滩
一只苍鹰俯冲向苍茫海面

比大地更坚实的海水掀起呼啸
一种凛然而苍凉的孤独
猛地注入我虚弱苍白的内心
令我振奋,又倍感虚无和绝望

2021年7月

敦　煌

沙海起伏的寂寞热浪扑向远峰，
　　时间绝望之后生命本色裸呈。
敦煌，生机勃勃，横空出场！
　　心底枯死已久的渴望爆棚，

撕开大漠心脏，一场葱绿的远征……
　　隔着令人窒息的烈日与星空，
你只唱和远处白雪皑皑的群峰，
　　平凡如沙的生命壮美而高冷。

滴水之恩写满万里无云的天空，
　　雨水般珍贵的幸福落入荒原。
当热风漫过阳关故道，驰骋在——
　　戈壁深处又与黑色死亡相逢。

商队驼铃，呼吸和杂沓跫音飘升，
　　货贾与生命的气息日臻埠盛。
兵戎和盗匪的白刃寒光里生息，
　　不动声色湮没在时光的更代。

鲸落深海，枯骨沉沙，丧失了

尊卑的标签，灵魂穿生越死。
推开经变佛窟尘封的门扉莲蓬，
　　　爱与自由的信仰，长夜孤灯！

文明如此脆弱，从来手无寸铁，
　　　表里祁连，却总能绝处逢生。
流风带着血腥、杀气与嚣鸣，
　　　带着远方草原上的疾驰尘腾……

像雄鹰的灰影掠过迁流的山塍，
　　　把惊空遏云的桀骜藏进风雷。
无常的沙丘之上斗转星移
　　　伴一泓清泉从地老流向天荒。

鸣沙山下千年不肯一眨的明眸，
　　　你昼夜望向苍穹的深情大梦。
五色俗尘沧桑里帝王不值一提！
　　　之前三千年，荣辱何以为傲？

往后这一千年又凭谁狂妄定夺！
　　　阳关内外万里汉墙早已颓崩，
龙的传人岂甘久困一堵篱墙内？
　　　漫步沧桑党河边，雪水凛冷，

反复流过狂热酷寒交织的戈壁。
　　　你远远睥睨一代代雄才大略，
目睹他们掀起翳蔽昼日的沙霾，

也目送他们随尘埃湮灭如风……

2021年7月

费尔南多·佩索阿

生前籍籍无名的平凡人
工作,旅游,交友
在深夜里写作
尝试过多个不同职业
不动声色的平静生活之下
一个不安分的孤独灵魂
坚守在黑暗的矿道里
直到第四十七个年轮轰然
碾过,为死神写下赞歌
化身的一百多个留世
异名,默默嘲讽着
世间蝇营狗苟的各色虚名
喜欢你不正经的样子
绝不输给东印度公司那个
账房先生,嘻!用不着盖棺定论
他两万多页传世的书稿
只为宣誓个体的尊严
看,随手嵌入诗句中那些

偶露峥嵘的脏话
真诚诠释着生命的高贵
令每个不羁的灵魂都怦然心动

2021年7月

注：1. 费尔南多·佩索阿（1888—1935），葡萄牙诗人、作家，葡萄牙后期象征主义代表人物。代表作有《使命》等。

2. 账房先生，指英国散文家查尔斯·兰姆（1775—1834）五十岁退休之前，整整三十多年时间任职东印度公司会计。代表作有《伊利亚随笔》和《莎士比亚戏剧故事集》等。

爱的断章

爱不是等待，是静静生长
在渴望和绝望之间，横着一条清溪

时代的宠儿手捧鲜花优雅谢幕时
落魄诗人正把他的诗笺丢进阁楼抽屉

越是深入人间烟火
就越是迷恋山川湖泊，海洋星空

爱，泡在绝望的烧酒中

时间的枝头偶尔也绽放醉人蜜意

自由是爱在不断突破中释放出的灵魂空间
像鸟儿的翅膀掠过，似鱼的眼泪滴落

夜深人静的思念中煎熬
仰望星空，会觉得你我离得很近

文字始终不着时代的菜色与苦难
不是文字的问题，是良心的问题

缺乏爱的人生就像一件耐用消费品
行货可悲，水货可怜，料片货纯属浪费

爱情是一束光照到一朵怒放的花上
恰好被不经意独自走过的你赞叹

人要从诸多假装的相信中培养一个真的相信
才会从诸多假装的热爱中获得一份真爱

文学的危险性在于不容阉割的动词是不羁的
一旦去势，便绝对安全，却也丧失爱的能力

小镇青年原本胸无鸿鹄之志
只因为格格不入，才被生活驱离了故乡

除了爱，我什么都不懂。别以为我什么都懂

在赚钱或者弄权这些事上,始终是个门外汉

善良,勇敢,爱的炽热
漂亮的人生就应该这么义无反顾

在多数时代里,诗歌显得多余
但诗人的执着自有他们超越时空的道理

年过半百才明白广泛而大量阅读的好处
好像爱情来得足够晚,却也值得庆幸

父爱如山,儿子一生都试图翻越
翻过去,会心生悲伤;翻不过去,为他叹息

我深知死后注定身不由己
所以趁我还活着,拼死也不许别人替我做主

不要试图说服我,我不相信你之所信
不要相信我的话,我无法确保你能懂

这世界冰冷坚硬,唯人心
可以温暖柔软,但却很难

跟别人比优秀或许能挣足面子
跟过去的自己比优秀才能得到尊严

爱情并非源自古老的欲望,而是人性之光

照亮血亲的善良和以命相搏的勇敢

感谢远去的岁月里那些装点过我青春的鲜花
每一朵，都曾照亮和滋养过我孤独的生命

2021年7月

奇　迹

如果晨曦都无法撕开阴郁的天空
就任由绝望的雨水纵情悲泣
如果明天瑗瑢的彩云带不来希冀
就让这失温的世界滑入虚无

荒原上这株枝叶繁茂的爱情孤树
星空下无欲无求的纯净之爱
才能阻遏滚滚生命洪流归于热寂
在陌生人心底播下爱的种子

渴望绝处逢生，收获意外惊喜
需要有什么样慈悲而勇敢的心智
或如世人所说，只是情难自禁

两颗因爱纠缠的心能点燃宇宙

明曜人性的海面，赋予爱以生命
是所有信仰都无法企及的奇迹

2021年8月

注：热寂，是猜想宇宙终极命运的一种假说。根据热力学第二定律，作为一个"孤立"的系统，宇宙的熵会随着时间的流异而增加，由有序向无序，当宇宙的熵达到最大值时，宇宙中的其他有效能量已经全数转化为热能，所有物质温度达到热平衡。这种状态称为热寂。

当你老了

当你老了，依旧美如当初
静坐在午后晴空一轮弯月的
淡远里，守望年轻的山川
湖泊，流岚和远方蓝色海洋

历经种种的纯洁善良的孩子
苍颜皓首的幸福一生的孩子
信了一个古老的爱情誓言
拼尽了你全部的热情与意气

回首一生，才发现一切都值

风栖止在波浪退去的沙滩
生命的潮汐带不走也留不下

任何与爱无关的荣辱成败
只有你的深情、勇敢与真诚
永远徜徉在诗意群峰之上

2021年8月

秋

一位新寡少妇漫步海滩
凄楚,茫然,郁热的海湾
苍老的北风已变得狂躁
驱逐着高天的流云
粗重喘息在时间混浊的河段
溅起惊慌失措的水花
危机四伏的河面之上
动物们恐惧的眼神满含诗意
不动声色地宽恕了一切
生活,像一个无辜的孩子
惊视潮水般涌来的秋日黄昏
小草在微弱虫鸣声里
停止了抱怨和哀叹

夜风中颤抖的枯叶满眼霜痕
透过漫天纷飞的谎言
诅咒虚无的生命里
渴望而不愿再提及的春天
糟糕的日子像一匹饿狼
就蹲守在黑夜盛开的正前方

2021年9月

秋日玫瑰

昼夜在渐冷的大地上切换
绽放在比迷梦更美的梦里

梦里梦外徜徉在地铁荒山
风一般独行,刹那间永恒

每个自由城邦都面朝大海
拥有独一无二的个体尊严

虎嗅秋日一朵陌生的绿玫
请别忘了赞叹带刺的花枝

因这赞美也将被默默思念

如故乡初恋和我们的母亲

2021年9月

注：1. 绿玫，绿色玫瑰。由于心内忧伤，以致错把红色的看成绿色的。魏晋郭遐叔《赠嵇康》："……思念君子，温其如玉。心之忧矣，视丹如绿。"

2. 默默，缄口不言，暗暗地。《韩诗外传》卷十："有谔谔争臣者，其国昌；有默默谀臣者，其国亡。"

雨

雨一直淅淅沥沥在下
时紧时慢，世界一片清凉
午后静谧的上书房
蜷缩在暖光灯下的沙发里
把自己交给一场秋雨

水到渠成，明月照大江
仿佛第一场缠绵春事
透过落地窗玻璃上的水珠
窗外，满目翠绿扑面
树杪之上，天空灰暗安详

湿漉漉的思绪就飘在半空
少年时忧郁的灰色鸽鸣
　"你这一生可想重来一次？"
　"你这就是无病呻吟！"
那些走过黄金时代的人们

大多会像未能尽兴的孩子
一滴雨落入蔚蓝大海
尝够爱那又苦又咸的味道
自己变成海，夫复何求
再来九次都没有更好结果

车子的沙沙声盖过雨声
贴着明静的湖面飘远
凉风送来浓郁桂花的清香
三只白鹭优雅飞过
漫天迷蒙雨雾的秋日午后

2021年10月

湖滨漫步

一只白鹭优雅拍着翅膀
飞出四海湖了无睡意的黎明

白色影子掠过寒意湖面
没入晨曦朦胧的林际
仿佛一位睡眼惺忪的美人
凌波风行而去，巧笑倩影
打的一个轻柔可爱的
哈欠，仍在湖心荡漾着
迷人的甜美气息在鸟鸣声中
落入公园每一处角落
静美，蕴藉，成熟
不动声色抚摩每一片浓绿秋叶
每一棵青青的小草
每一个孑然漫步空中
水面的不羁的灵魂
一次次从眼前的世界划过
微风中抖动的树杪柔枝
叶尖上晃动的银色露珠
都只为你此生路过的这个清晨
从遥远未知之域赶来集结
恭候你，拥趸你，也在叩问你
独立尊贵的万物之灵啊
是什么在迷惑了你的心智之后
将你王者一般的尊严窃走
当你的跫音从这美景之晨褪去
整个世界将在你身后黯然消逝

2021年10月

沧桑之河

一弯如月的清梦
坠入云谷青溪
令人窒息的春天里才会有的慌张
随着融冰的声音
潜入血管,昼夜奔流不息
默默涌入寂静的深潭
绝望中煎熬过的
真爱才值得以命相许
也足以点燃生命
在没有前路的绝壁勇敢一跃
披着月影挂在千尺断崖
回眸一树桃花
顺势跌入咆哮的激流
冲出葳蕤的峪口
终于摆脱了大山的纠缠
尽情亲吻生命之河温柔的河床
在自己选择的河道上
显露出疲惫与迷茫
一个正直的人必然会历经坎坷
却不会无辜罹祸遭殃
谁也不能改变沿岸季节的交替

在深秋的荒原沉思
雍容，沉郁，踽踽独行
看见心向往之的远方
一望蔚蓝之上，写意的雁阵
寒风凋落的枯叶与雁鸣
都是在逃避一场暴雪
一路向南，豁开积雪的萧索大地
在星夜，也会在阳光午后
常常忘记自己身在何处
却猛然发现，生活
已在曾经遥远的远方开花结果
而远方的夜空里
不再星光灿烂
朝朝暮暮拥有了整条河流
却不得不忍痛坐视
时空仿佛致命的病毒四处流布
残忍将爱隔开，让人们
交出了自由呼吸的权力
渴望，已经悄悄
开满在每一个寒冷的瞬间
像驮着厚厚积雪的梅花
用沁入灵魂的暗香游弋
却也只能哑然面对着深爱
尘世，一空而已
所有的意义都藏在据实可触的世界身后
灵魂之间不只隔着好看的衣服
还有珍爱的身体以及

内心无时不在的思念和牵挂
爱的影子越来越淡了
隐没在夕阳霜鬓的情怀里
藏匿在生命的智慧里
仿佛童年村庄夏夜柔情似水的星空
明亮,辽远,沉静而玄漠
融入浩瀚宇宙深处
给大地一片穿时越空的无言永恒
也许你永远不会懂
彼此纠缠的灵魂何其无辜
有太多假的真情与牺牲
就像有太多真的悔憾与创痛
不能直视,不容多说
面对大海我们幸亏还有
第三者无法涉足的共同美好记忆
给每样事物披上暖意柔光后
忽近忽远的你和我始终都情同手足

2021年11月

暮　春

那个春末轻寒的良夜
烟火正旺的大皮院嘈杂声中

"明天,就动身去南方……"
一朵月季黯然枯萎在路边

蜜意明眸里的忧伤不暇遮掩
春天只轻轻一声长叹
夜风中一枚青青树叶零落在
清冷昏暗的青石板街面

为什么突然要离开
 "常常感到窒息,人还没老
就随送埋人群被生活埋葬
倚着古墓沾沾,自豪,绝望

等着大限确认,再死一回
一条黏稠浑黄的古老河流
流过昼与夜寸草不生的荒原
无力摆脱的梦魇,像雾霾

像沙尘暴,我总是看不见
彼此灵魂不容模糊的分界线
我倾慕浩浩不羁的大洋
鱼跃鸢飞于无疆的蔚蓝海天

我渴望能在蓝色风暴中
自由呼吸,生活,干干净净
因为心底死灰怦然复燃……"
你问,离开古城将去哪里

"去最遥远的南方！那里——
海边冬日的阳光也猛烈炽热
那里夏季的白雨淋漓酣甜
草木终年沐春，纯粹，永恒

像子弹把我的心和灵魂洞穿
涌出生命的激情，质朴与尊严"
春天的夜晚自带三分悲伤
随沉郁的钟声飘向远方

你眼底藏有深不可测的伤感
像城墙垛口，岁月都无法软埋
夜色怅如迷雾，氤氲柔波
至今荡漾在我风定后的胸间

2021年11月

午后我坐在海上世界写诗

午后我坐在海上世界写诗
时空恍惚在冷风暖阳里
细碎汗珠沁出冰可乐杯壁

风中的邓丽君正飘然远去
星巴克门前寒雀在觅食
清清冷冷的码头人迹罕至

周游的旅人终将荣归故里
却没有谁可以回到从前
从前，迎着海风的弄潮人
把梦呓缄默成灰色铜像

南下寒风吹过，透着寒意
这北方冷漠荒原的讯息
提醒我去眺望苍茫的海面
那是明日之鹰盘桓之地

2020年12月

祝你平安夜勇敢

沃尔玛超市弥漫了春节味道
当晨昏线扫过蓝色星球
大年初一的喜庆也将渲染很多地方
太阳不会有东西之别
欢快的歌声在今夜的寒风中哑然
疫霾之下满心忧惧的你

是否还能记起年轻时的平安夜
陪心爱的人在寒冷的路灯下
走出很远，幸福开在迷人的憧憬里
驱散了冬夜的黑暗与凛寒
来吧，疫霾中深陷迷茫的朋友
走过这个日益艰难的时代
让我衷心祝福你平安夜勇敢
人生如寄，多忧何为
快乐，感恩，善意与爱一起涌来
寒冷的北半球也将暖意融融
假如真可以什么都不出错
假如在深思熟虑后放弃了什么
做人的尊严与年轻标配的不羁
你的灵魂仍能与爱同在
随便你！今夜的上海让人欣慰
我的清泪滴落在《浮生六记》的书页
欧美日系车夜行在清寂的节日
一生都在痛悔没有学好英语
生死之外谁不是魂游脚下这个星球
却在俯仰之间忘记了蔚蓝无疆
为现实所暗示的种种恐惧惴惴不安
你是否守住了告密者失守的底线
在成人世界谈论尊严变得可笑
又有谁会像童年那样能够
沉浸于世间万物的悲伤和幸福里
来吧，趁着今夜我们还能
在口罩下勉强呼吸，我愿你勇敢

因为勇敢的人才配得上尘世的幸福
才会让生命里的些许快乐与
偶一为之的善良不会那么可疑

2021年12月

在孤独中永生

孤独草原,马的永生之所
一种精神长出大地
自由如风,长鬃猎猎,鹰翔长空
不被切片的生命
心无旁骛,没有什么魅惑
能够填满生死之间。现在的你
烈焰从心底腾起,烧光了
曾经搭伙成群蓬草般疯长的欲望
以及那云集的黑色恐怖
狰狞而丑恶的影子,与爱同行
一路上都有火光,直到路的尽头
在所有声音消失之地免于恐惧
从容告别居住了一生的身体
一个孤独离去的背影归于永生
留给身后这个世界的
除了拯救生命于速朽的爱

一无所有。像微风息止于林间
熠熠的青春荡漾在粼粼的水面
时间的废墟终将掩埋一切
只有善恶才能证明你我曾经来过
当季节在你的世界里黯然驻足
行踪不定的你将只身何往
是晴空里瑗瑮的云朵
投影在碧波万顷的苍茫海面
还是化身灼灼山桃落樱
漂浮于春日阒寂山溪
你如此干净优美的灵魂会不会
再来人世,像纯洁晨露
在短暂一生里不曾沾染俗尘
学会了静悄悄地生活
随便这喧嚣可笑的时代孤傲自赏
在孤独中生出凛然高贵的
心底,除了不羁如风,只有爱

2021年12月

壹间公寓窗口的猫

这是谁的寓所?突然,
很想知道紧闭的玻璃窗后边,

镇定凝视着我的
雪团似的白猫想告诉我什么……

从二楼俯视下来,眼神
深邃神秘,带着审慎的期待。
阳光雪片般静静落下,
也堆积在孩子头脸睫毛上。

——多可爱!窗台上的猫咪。
小儿子手指向蹲伏在
玻璃与碎花窗帘之间的孤独。
优雅而不失沉静的气质,

弥漫在大疫之年最冷的午后。
——它在等着主人回来。
——一个人关在家里,真可怜!
——是的,它需要亲人陪伴。

2022年1月

注:壹间公寓在蛇口,为小面积户型高档公寓,其租客以单身青年为主。

一条流过春天的河流

一条流过春天的河流
静静淌在铺满白云的梦里
雨后的菩提树下
纤尘不染,河水碧透
你站在世界中央
像一滴晶莹的水滴
晃在新绿的叶尖
两个灿烂的灵魂沐浴在
只有两个人的柔风里
蹚着河水走向你
映在彼此眼底的无限美好
空气清新,充满希望
用三生三世救赎
让所有的爱情的美妙
思绪般漫过起伏的温暖脑海
带着微醺的欢欣
在一片弥漫着苹果清香的
无边纯洁光海中
幸福平静而坚定地流向
我们远在天边的今天

2022年4月

无风听雨

从雨夜醒来
五月的城市
比街角寻不到归宿的风
还迷茫,静默
一个多么美好的词语
幽闭在辛酸里
那些来不及的
喜欢,欣赏,以及
不曾表白的深爱
统统被赶进幽深的地窖
死亡是最好的老师
每一条河流总要
学会选择
无奈的河面下
汹涌的愤怒宛如
疯狂的雨滴
注满所有人的时间
漆黑无依之地
恐惧一身浮华
褪了色的世界变得虚幻
天空寂寞而丑陋

听,远方的雨点
落在路上,树叶上
落在窗玻璃上
仿佛一双双寂寞的眼
用各不相同的声音
凝视眼前的世界
阒寂,荒诞,充满恶意
所有深陷焦虑而忘记初心的人
早就弄丢了风的灵魂

2022年5月

生长的力量

世间所有真正美好的事物
都是孤独的,宁静的
一粒被埋入漆黑湿冷泥土的种子
绝望中,从一个
塌陷世界的废墟上出发
生根发芽
展示自由生长的意志
这种力量并非势单力孤
像雄鹰掠过天空
足以对抗那些

丢失了灵魂的羊群
那些盲目的自负与狂热喧嚣
冷峻中带着一丝
不确定的谦卑
带着被深爱鼓胀的勇敢
扬帆波澜壮阔
阴晴未定的时代海面
每一个人都只是他自己的势力
能仰仗的东西
都虚空如风
就像光明或者黑暗无法倚靠
有生之年必须
做出抉择，学会独自面对
这种公平最让我感动

2022年5月

火焰化石(下)

——春天的距离

侯科昌 著

线装书局

谨以此书献给：我深爱的母亲和我亲爱的妻子

目录
CONTENTS

爱是蓝色火焰　_ 001

脚　印　_ 002

楼观红雨　_ 003

孤旅苦雨　_ 004

邮　局　_ 005

错　位　_ 006

缘　_ 008

山　桃　_ 009

梦中的山百合　_ 011

小金鱼　_ 012

情难自禁　_ 013

拒　绝　_ 014

你是我日思夜想的大海　_ 016

把脸伏在恋人如玉的手心　_ 017

春　夜　_ 019

02 _ 火焰化石 下 ——春天的距离

月　夜　_ 020

梦醒之间　_ 024

悍匪情劫　_ 025

喜欢生根长出爱　_ 027

窗　前　_ 028

春天的距离　_ 029

悲伤天使　_ 030

对你的爱情　_ 031

春天之野　_ 033

那夜的雨　_ 034

读　海　_ 035

我可否自比一块火焰化石　_ 036

选　择　_ 037

红篮子　_ 038

爱　情　_ 040

你的声音　_ 041

我　愿　_ 043

对你的爱是火焰化石　_ 044

寄给过去的情歌　_ 045

永　恒　_ 050

毛乌素　_ 051

从洛川一路飘泪到西安　_ 053

绝望八月　_ 055

归去来兮　_ 056

甘　霖　_ 057

自　然　_ 059

爱情珠峰　_ 060

暴雨中　_ 061

在一起　_ 063

像风拂过树杪　_ 064

深夜的马路边　_ 066

爱情四季　_ 067

爱　人　_ 069

千里求雨　_ 071

关于爱情　_ 072

爱不是等，是无言生长　_ 073

鲸　落　_ 074

纯净之爱　_ 076

长安·九歌　_ 078

爱在未来　_ 081

背　影　_ 083

离　场　_ 084

我一直在你梦里静静生长　_ 085

回　家　_ 087

麦　子　_ 088

时间，爱，永恒　_ 090

红围巾　_ 092

为什么是"上书房诗话"？　_ 093

04 _ 火焰化石下——春天的距离

江城子　_ 094

和寒鸦　_ 095

无　题　_ 095

雪夜山行　_ 095

鳌山滑雪　_ 097

戊戌年腊月二十四谒桥山黄帝陵感怀　_ 097

咏　梅　_ 098

岭南行吟　_ 098

露营从化花溪头村　_ 098

四海湖秋晨　_ 099

机场送二六虎子只身出游江浙　_ 099

乙未孟春科昌观沈墨师兄作书　_ 099

人生感悟　_ 100

巽寮湾夜思　_ 101

唱和王兄之讥　_ 101

海滨秋思　_ 102

光　_ 103

中秋夜赠宝收兄　_ 103

晨起，上书房望寒鸦之兰　_ 104

和寒鸦无题诗　_ 104

听《寒山僧踪》　_ 105

立　夏　_ 106

谷　雨　_ 106

和冉兄《忆母》　_ 107

梧桐雨 _ 107

图题诗 _ 107

和师兄《和海公祠》 _ 108

村 逝 _ 108

故 园 _ 108

读赵学长诗《冬恋》知秦岭昨日初雪 _ 109

题图天府古装美女打油诗 _ 109

村口老银杏 _ 110

冬 雪 _ 110

长安雪 _ 110

冬 至 _ 111

题王兄新婚纪念照 _ 111

冬雪黄昏 _ 112

寒 夜 _ 112

人品第一 _ 113

诗品第二 _ 113

咏梅花 _ 113

新年元旦日遥寄胡波兄 _ 114

长安感霾 _ 114

题图诗 _ 114

大明湖秋 _ 115

为诗做人 _ 115

无 题 _ 115

狗尾草 _ 116

故园秋色　_ 116

题曲江池冬景　_ 117

同韵自和一首　_ 117

城　墙　_ 117

题周师兄颐和园十七孔桥照　_ 118

登客家土楼抒怀　_ 118

鹏城冬雨　_ 118

门前步行街　_ 119

大　寒　_ 119

读俗人师兄《读〈破阵子·过年〉感怀》的感怀　_ 120

逃　霾　_ 120

读杰克师兄史诗《读史杂感》（一）杂感　_ 120

读杰克师兄《读史杂感》（一至四）随感　_ 121

南粤冬雨　_ 121

和宋师兄题图诗　_ 121

渭水抒怀　_ 122

无　题　_ 124

午夜春寒　_ 124

如梦令·黔醉　_ 124

恭贺延春兄之尊甫八十大寿　_ 125

寻春未得　_ 126

五言赠胡老大踏秋田园　_ 126

赠陈师兄　_ 126

赠寒鸦　_ 127

无 题 _ 127

赠寒鸦 _ 127

探 春 _ 128

庚子三月初七题图横滨自肃期间雪中樱花 _ 128

古 棠 _ 129

西江月·读瑞雅师妹携家人春游北海词 _ 129

和张师兄《大雁塔》 _ 130

题马老进校园访医看手指所拍 _ 130

清明红雨 _ 131

难 眠 _ 131

卜算子·庚子清明 _ 131

清 明 _ 132

庚子三月十六日母校校庆 _ 132

五十自题 _ 133

季春雪 _ 133

无 题 _ 134

山 竹 _ 134

清秋梧桐山登顶五言咏怀 _ 135

山 花 _ 136

汉月秦风 _ 136

月淡云低 _ 136

登大南山遇雨 _ 137

麦 黄 _ 137

槐花思亲 _ 138

浣溪沙·夜雨夹雹树泣风 _ 138

玫 瑰 _ 139

楼兰少女 _ 139

读绍令兄新词《一剪梅·半世一见》 _ 139

妃子笑 _ 140

禅 境 _ 140

孤 云 _ 140

端阳醉酒 _ 141

屈子当问未问 _ 141

无 题 _ 141

立 春 _ 142

莲 _ 142

忘不了 _ 143

桥 _ 143

川上消暑 _ 143

赠曲师兄《回忆四题》 _ 144

无 题 _ 144

题南昆山九重远眺观景亭 _ 144

忘忧谷 _ 145

立 秋 _ 145

海高斯 _ 146

旧 雨 _ 146

画堂春·同心同意共身行 _ 146

登 山 _ 147

秋日登三门岛　_ 147

与同窗雷君书　_ 147

题财大游泳馆新张　_ 148

白　露　_ 149

无　题　_ 149

赠寒鸦　_ 149

九月登高　_ 150

读杨师兄《早秋之夜》而作　_ 150

金秋赠西迁人马老先生　_ 151

和冉师兄《秋雨秋叶》　_ 151

庚子残秋　_ 151

望月怀远　_ 152

相思明月楼　_ 152

上书房译诗《诗经·邶风·静女》　_ 152

上书房译诗《诗经·齐风·甫田》　_ 154

寒　露　_ 155

秋　思　_ 156

题马老先生秋菊图　_ 156

题瑞雅师妹怀来秋游图　_ 157

题昌平杰克师兄"府墙霜叶图"　_ 157

和寒鸦喜晤师友同人　_ 158

霜降梦游汨罗江吊屈子　_ 158

甲午十月初六悼念母亲　_ 159

悼念祖母　_ 159

重阳大南山下思乡 _ 159

秋日题寒鸦 _ 160

长安冬夜抒怀 _ 160

自　嘲 _ 161

尘世爱接力 _ 161

庚子初冬海湾杂赋 _ 162

鹅 _ 164

神游终南山 _ 164

步韵和梁师兄《大雪话江南》 _ 165

青　鸟 _ 165

公祭日别绪 _ 165

冬日望寒鸦伺兰候雪 _ 166

冬至寒夜悲思 _ 166

赠周公 _ 167

新年贺词 _ 167

赞华山松 _ 168

庚子一九海湾黄昏 _ 168

读张莉师姐摄影作品 _ 169

梦游大兴善寺遇蜡梅 _ 169

闻帝都大风降温零下二十度 _ 170

春　愁 _ 170

登顶梧桐山 _ 171

情人节 _ 171

腊八杂感 _ 172

和冉兄《虎跳峡怀旧》　_ 172

庚子除夕　_ 173

春　雨　_ 173

幽兰出寒谷　_ 174

上书房跟帖赠诗马老《唐村观梅拍摄短视频》　_ 174

辛丑正月初一题大鹏所城　_ 175

西安好梦　_ 175

春　山　_ 176

春日赠马老　_ 176

春日赠兰君　_ 177

赠涛哥　_ 178

偶　感　_ 178

五月十三日晨起风雨大作　_ 178

立　秋　_ 179

读寒鸦《瘦西湖记》读出了恨意　_ 179

答王兄　_ 180

南昆山三首　_ 180

秋日登大南山即景　_ 181

满城风雨近重阳　_ 182

重阳登高　_ 182

寒　露　_ 183

悼念戴师兄　_ 184

题寒鸦摄秦岭晴山照　_ 184

梦沈墨　_ 185

读寒鸦《秦岭深深·秋思》 _ 186

赠张博士 _ 186

出　恭 _ 187

无　题 _ 187

和马师兄《过米脂李自成行宫》 _ 188

和马师兄《过白城则》 _ 188

同韵和张兄 _ 188

同韵和王兄一首 _ 189

五月廿二大南山遇蛇吞蛙 _ 189

冬至杂感 _ 190

宵雪满长安 _ 190

圣诞日和贺君 _ 190

题沈墨师兄故园新照 _ 191

题巡山寒鸦"满眼欢喜图" _ 191

无　题 _ 192

赠周师兄 _ 192

虎视寒春 _ 192

春　愁 _ 193

欢迎党师弟入诗社 _ 193

观舞蹈"春夜"《只此青绿》 _ 194

对联两副 _ 194

春夜凄雨 _ 195

春　衫 _ 195

诗，为谁而歌？ _ 196

诗歌的灵感　_ 197

诗人的禀赋　_ 198

诗情浓淡　_ 200

谈谈"诗无达诂"　_ 201

诗如爱情　_ 204

后　记　_ 205

爱是蓝色火焰

爱是蔚蓝色火焰
跳跃在第十五个冬天
一夜大雪纷飞
堆出一个童话世界
晴空碧透,万里无云
旭日红彤彤的
一袭蓝色梦幻滑雪衫
像温柔的火焰
掠过皑皑的校园
文静可爱的小鹿
脆生生的笑声穿过乌黑发丝
回荡在晨风里
震落了黑黝黝湿漉漉的
树枝上厚厚的积雪

1985年12月

脚　印

远远地你飞走了
消失在远方
大山冷而铁青的暮色里
河边软泥上
只留下细碎的脚印
清晰，生动，美好
印在我冰冷的心上

我荒凉的心上
有一行楚楚的脚印
一行离去的脚印
心灵般细碎深密
潮起潮落，时光的流水
抹不平这行脚印
没人知道我曾为此伤心

1989年6月

楼观红雨

一树灼灼桃花
静静开在凡尘之外
冷风起时,红雨
纷纷飘落
袅着一山晨雾的清幽
逍遥而又凄楚

一位苍白的贫血少女
嘴角,镇定优雅
浮着一轮冷月
你这千年的静美
超然,凄迷了候鸟

莫名的伤感排山倒海
涨满春山空谷
徘徊在红尘边缘
临着一望荒寒
得遇九天渡劫的你

飞来一座冰山
把心撞出老远

爬起,暮鼓满天满地
而你从容依旧
依旧若九天玄仙

唯有,你露出
玄色袍袖那双玉手
冬雪般苍白着
同那敲哑了的凡磬
融化在我灼热的眼里

1989年4月

孤旅苦雨

生命里某段孤独旅程
走在雨季泥泞里
一朵谨慎的紫罗兰
开在每天走过的路边
一次次深深回眸
在清澈里捕捉温柔默契
宛如欢愉的春风掠过
满身是刺的古老皂荚树
只是,我满心荒凉
从未停下脚步

终于有一天，紫罗兰
凄迷的眼里落满了雪
无望地飞向远方
留给我一片忧伤
残雪似的，残雪似的
积在我滚烫的心上

1991年12月

邮　局

雁尽书难寄，愁多梦不成。

——唐·沈如筠

为把这封秘信亲手
送达，把收件人
约在午后的邮局
那时，胆子像气球
已经膨胀到了无处安放
昨天关于爱的箴言
一条条都将在此验证
春天里发生的故事
都是以美为理由
从爱情开始，而结局

像一山坡的桃花
默默凋谢在了雨夜里
落入梦境的虚无
猝然莅临的春风气息迷人
少年手足无措
满屋子邮差没有一个
能送达一声深重叹息
一只安静的白鸽
灿烂在铺满阳光的落地玻璃前
细密如碎钻的汗珠
在娇巧白皙的鼻尖上集结
残忍坐视时间流逝
真不知它终将带来什么
一团孤独的愁云飘过树梢
留下无限迷茫和惆怅
风吹着忧郁的口哨
嗒然远去,却又在
少年未来的无数个五月里
一次一次,深深地回眸

1992年5月

错　位

时间是条绵延无期永不冻结的河流

从心底流出在我敏感的皮肤下很不安分
呆呆秋阳散着金波，一杯香浓鲜牛奶
如果没有如此铿锵震撼的命运旋律响起
我会把那头闪亮的瀑布当成春柳清音
愉快而潇洒地错过，在梦醒之后
或者伤感地忘掉，连同脱口而出的赞叹

初程的优游已失落在你的柔波里
笨手笨脚地转舵，满眼又密又紧的红色鼓点
粗声大气的西风吹痛湘水，会惊醒千年的
湘夫人吗？最好再有一次邂逅的惊喜
美妙的话语只需要一句
你飘柔的眼波轻巧地闪过，我长满
黄沙白草的心间就会舒展出一条亮绿的河

当作一次短途相识的旅伴也好
只要在最后分手的路口大树下
有一枚殷殷的枫叶款款飘来
天空中要没有雁阵，就没有吧
只要我们微笑着相互招一招手
给余生珍藏一帧曾历的亮丽时光
而你温柔地走开，没留下一句话

只是想再多看你一眼，哪怕就只一眼
这丁点可怜的要求会有错吗
想起一个寓言的虔诚不禁潸然泪下
努力从纷落的秋叶间收回失神的目光

终于没有逃出思念漫长的黑夜
梦的顶上总是浮着那段温柔的白云
发潮的掌心一把一把扯出江南梅雨

头一次远足就碰上这样的季节
也许相遇本身就是一次阴差阳错的错位
不该奢望聆听你温馨欢快的和弦
合上你优雅迷人的眼隔我于深秋冰冷的雨中
使我定格于含泪的深沉，迷失在生命的春天
一双含了泪的眼在远处微笑着，向你招手
潇洒转身，追寻飘然远去的爱情方舟

1992年10月

缘

缘
是一种隔世的心境
一个美丽的梦
要趁春天去追寻
带着虔诚去珍惜
如果你是那
高天轻行的风
春水，落花和流云

也不能让你停留

飘向天涯

带着一千年的孤独

你已把你这一世的

尘心,许了前世

一段未曾了断的尘缘

1993年4月

山 桃

爱是不会老的,它留着的是永恒的火焰与不灭的光辉,世界的存在,就以它为养料。

——左拉

直到那年夏忙的最后一天

试验田最后一捆麦子装车拉走

我才知道山桃新嫁未久

心就像一望麦茬地般狂乱悲伤

比暮色笼罩着的原野还荒凉

——她是旁边聂村的新媳妇

背着她,她们还偷偷地告诉我

——她的男人是个傻子

——就是乡上罗乡长的独子
从我掠过燥夏的眼里蹿出火苗

弯腰低头,山桃捡拾着麦穗
风过碧桃花树,窈窕美好
悲伤春潮般猛然涨满空寂山谷
腼腆轻笑,她白皙脸庞泛起桃红
仿佛五月麦田上空一轮明月

俗声浪笑的村妇堆里,只有她
柔声细气地谨慎说话,疏离人群
眸子里会露出寒烟般的轻愁
帮我装麦捆上拖拉机的时候
山桃总努力踮起脚尖递上麦捆

洁白柔美的脖颈挂满晶莹汗珠
哦,我狂跳的心顷刻间沦陷
山桃纯净眼底掠过凉风般巧笑
劳作中会像个姐姐处处照顾我
同伴对我和她的揶揄及调笑

化作迷人嘴角淡若云烟的忧伤
露出雪白的牙齿,浅淡一笑
好像一只白鸽子,山桃话很少
在她雪峰般俊俏的鼻准之上
一双美目澄澈明净,柔波娟秀

山桃的美让动听的赞词黯然
这半个月无限美好的日子里
我已无可救药地迷恋上了山桃
忧郁新添的少年茫然不知所措
办法还没想好一切戛然而止

离开收割后郁热空寂的麦田
失落在虚空的暗夜,彼此失散
直到一年后我离开那个小镇
一个闯进少年生命的桃色情人
你的美好滋养了我荒芜的青春

1993年9月

梦中的山百合

昨夜西风纷乱的青丝
终于没有遮住你的眼
优柔山百合的眼
款款飘来的深情
漫不经心地拨弄着
我挂在墙上的
孤寂了很多年的古琴
少女含了叹息的花瓣

燃烧成迷人的黑色火焰
从眼里迸射出生命之光
火焰滋蔓向死亡之门
烈焰自由奔腾的火海里

灵魂洗涤着野性
痛苦是爱情必须付出的代价
一双纯洁的眼眸闪过
火光中,一朵美丽的山百合

1993年9月

小金鱼

> 昨夜西风凋碧树,独上高楼,望尽天涯路。
> ——晏殊《蝶恋花·槛菊愁烟兰泣露》

你的温柔,是一只
粉红色的美丽小金鱼
披着一身暖阳
游进我深秋忧悒的眼底
在我缄默的泪水中
一声不响地悠游

两只水晶鱼缸紧挨着
你看我时,一颗孤星
漫不经心藏在寒云后边
而当你游向别处
从我悄悄惶惶的心底
又泛起轻柔的水泡

1993年12月

情难自禁

真美啊!灿若仙子
明眸一闪让人魂飞魄散
最让人情难自禁
打扰了你,也惊吓到我
溺水爱的深潭无助挣扎

夏日林间浓荫里的飞鸟
也让人情难自禁
殷勤迎送你一望焦灼
惹恼了你,也惊惧了我
乌发一挂闪亮的瀑布

飘逸秋水落入沉静湖面
也让人情难自禁
伸手去触摸一丝冰凉
恼怒了你,也浇灭了我
沉沦在你迷人的气息里

冬日黄昏,大雪纷飞
在失控的虚无天空下
把初吻印上你温暖的额头
静美温柔的你,似雪
狂喜无措的我,如风

1993年12月

拒 绝

当雨季来临
一切都无措青涩
花开在梦里
美得令人窒息
新绿的心
在每天清晨欣喜
又在每个夜晚深深落寞

推开窗
你是最大胆的
哭泣在暴雨中那三个字
绝望凄楚
叹息声如此沉重
谁听了
都不由要深呼吸

不见那个身影
梦里都是阴天
秋雨凋落的白杨树叶
哭着满地疯跑
冷,浸入骨头里
不由裹紧风衣
快步逃离这伤心之地

被退回的成捆情书
静静落满雪花
一场爱情带来
如此之多的眼泪和绝望
你伤害了一个真心
爱你的背运的人
踩着他的一声凄咽离去

1994年6月

你是我日思夜想的大海

想你想得狠了
想出一片幽蓝的海
看见你时
便有种失重的感觉
我苍白的手
慌乱中伸向天空
总也触摸不到
你蓝色的额头

想着由你收割
我这片金色的麦田
连脚下的泥土
也温驯地松动
爱你的心流出的清溪
需要流过天文数字遥遥无期的距离
才能抵达你蓝色的
灵魂,我思念的大海

1994年6月

把脸伏在恋人如玉的手心

为所爱而生,为所爱而死。

——加缪

把脸伏在恋人如玉的手心
恋人手掌摊在雪白床单上
月色下麦浪泛着银光
情歌拥有一千万件道具
旋律神秘莫测只一种

这旋律曾在我心底激荡
如今再一次袭上心头
真没想到歌词竟如此绝美
让我感到既甜蜜又悲伤

每个生命都有一次蝶变
蝶变总是朝着光明与自由
当灵魂沉入爱的河床
渐渐变成一块凄美火焰化石
隐没于沿岸的风景

优柔月光无法温暖的悲凉

火焰化石(下)——春天的距离

大漠孤旅倒毙在清泉旁
他的心匍匐在影子之上
倒映出无限温柔的天空

领略这片刻迷人的温存
春天白玉兰才有的馥郁气息
一只病中优雅的天鹅
无言依偎在我静谧的湖心
爱人,我真愿死在今夜

陪你同病魔和死亡激战
落入爱情的绝境,生不如死
灵魂高贵的闪电瞬间
这不可描述和交流的美好

此刻的幸福超越肉体羁绊
直抵生命彼岸永恒之域
珠泪默默濡湿爱人的玉手
足以温润和慰藉我荒凉余生
给勇敢的失败者以激赏

将在了无恨意的距离分别
亲爱的,我会给你深深祝福
纯金圣器已斟满爱的陈酿
我绝不让你触碰深海的哀伤

1994年7月

春　夜

今夜，月明风清
在千里之外想念你
文火静静燃烧
夜空里东南方最亮那颗星
正看着，你和我
离得多么近啊
一起踏着月色出去走走
打湿过我们鞋子的露水铺满了
梦中的草叶，回来时
路灯用拉长后又缩短的身影
默默丈量着春天的距离
北方一个寻常的春夜
因为欲语又叹息的我和什么都
知道却又总不吭声的你
变得神奇、浪漫、满含忧伤
面对至爱，我别无选择
天空莫名就飘下雨丝
没有你的日子如此瘠薄
等到青春的尘埃落定
时间落寞断流的河床走过荒原
孤独，窅渺，纯净，寸草不生

春天因为你存在过
让渴望的绿洲在心底
一边疯狂生长,一边烈火焚烧

1994年7月

月　夜

在这,守候着你,谁会了解,我的孤独。

——英国谚语

一

玥儿
你优柔的目光
这般半明半暗着
是还不知道
我的心吗
给你我所有的爱
沉静而辽远
纯洁而挚热
爱,或者不爱
夜的深处都感动着

二

对你的爱
已如满月的夏夜
即便是
疾遁的流星滑过
夜空中留下的
也不只是灼热伤痛
一道美丽的祝福
默默地，仿佛一双
含满了泪水的眼睛
向着你
消逝的背影
缓缓招手

三

想你，想得狠了
夜空就升起那颗恒星
在它的眼里
你和我离得很近

四

我知道
玥儿行经的天空
并非没有

迷人的星星
可我常常错以为
夜空里只有玥儿
我整个的心
都揉进这月色之中

五

终于让我找到了你
这颗飘向东南方的流星
在你到了那
能看见
美丽雨花石的湖边
请照亮
玥儿的好梦

六

多少回
从薄梦中醒来
多少回
不知该如何珍惜
多少回想合上
含泪的双眼
要继续这场凄楚的梦吗
心,却渐渐明白
你是我永恒的梦

只是这梦的尽头
或许没有梦

七

记得第一次
发现月亮成了
一团模糊的白光时
心里一下子涨满了
悲伤。我知道
我已远离了童年的月亮

那天,你电话里
传出的声音
冰冷刺骨
再一次把我推入
这种悲伤之中

八

月光下,我四处奔波
像一只远离人群
孤独已极的
狼
一声凄厉长嚎
划过夜空
没有人能听得见

也没有人能听得懂
你,也不懂

九

玥儿,这一季
我这片沙漠
寸草未生
每一颗金灿灿的沙砾
都映着你的倩影

1994年8月

梦醒之间

由梦境到诗境
尽在半睡半醒之间
一个美丽的梦
定格,该是首优雅的诗
可笔尖触不到你的心
你的心是片滢蓝的天空
鸽子也常常迷失其中
而我,只是一只小鸟
挚爱你这一片
自由纯洁的天空

我愿为你终日放歌
歌唱一个亘古的主题
只要,只要我的泪水
能幻作一片白云
从你心间
无声地飘过
我甘愿风干成一个梦
挂在秋风枯苇梢头
任冰冷的雨水打湿
冲散,然后融入大地
让我不死的痴魂
与你相守,天长地久

1994年8月

悍匪情劫

衣带渐宽终不悔,为伊消得人憔悴。
——柳永《蝶恋花·伫倚危楼风细细》

你,只一思量
我整座山头都在颤抖
整片星空就会失控

情不自禁触摸你的发梢
已无法消解焦渴
这条河流古老而沧桑
月黑风高，夜浪狂飙

堤岸上，孤独了
三千年的关中悍匪啊
起身仔细收起了

关山刀子幽幽的寒光
强悍和温柔才能踏进你
爱的殿堂，血色玫瑰
残酷、冷漠，开满极端含齑

荆棘丛生的荒原
天空凄美，苍凉，优雅浪漫
爱情从今夜启程

溯游而上，蒹葭
苍苍，月光下一川白霜
要么留下我爱
要么，带走我的命

决不在你涉足过的河面
扮成艄公坐视你离去
悠悠余生空对孤独和悔憾

1994年8月

喜欢生根长出爱

喜欢你,你正
灿烂在春风里
后颈比白天鹅更优雅
青藤下粉墙优美
喜欢生根结出了爱

你是那只小鹿吗
穿过雨后森森的松林
消失在少年梦里
多么渴望给你温存
害怕又一次惊跑了你

不要去小河边
也不能去雨后田野
大雪凄迷的盆景园
零度的世界里零距离
一个灵魂沦陷了

写给你的一封封信
你说你都看不懂
那三个已经说出口的字

我真的做不到
能带着轻松迷人微笑

不懂在脸上献殷勤
也不忍心智取
我是你正走背运的爱人
对你的爱如此急切
我无法装作若无其事

我整个世界只有你
别人随口提到你的名字
或者听到你的笑声
我的心就会像一枚枯叶
躲在寒阳里,瑟瑟发抖

1994年10月

窗 前

一次次从我窗前飘过
阳光正穿透初夏的浓荫
乌发,雪肤,明眸
灿若仙子,娇俏迷人
踏过碎落一地斑驳的光影

我用温柔的目光抱紧你

等到大雪纷飞的夜里
世界竟纯粹如梦
爱已疯涨，欲望正萌芽
哀愁涨满了山谷
无计堕落的迷惘天使
守着漆黑宇宙唯一的光

我会彻夜让门窗大开
忍受利刃般冷漠的逼视
绝望，又不知所措
一次次深陷魅惑的狂澜
渴望，置身于凶险
这一世只为你毫不设防

1994年12月

春天的距离
——赠玥十四行

舟子不在线装书页里
逍遥是一尾美丽的小鲫鱼
整日里云似的优游

水泡自潭底泛起的温柔
痒得心里长出来一千只手
掬捧着读你该有多好

雨花石见底的清纯
犹疑了我突然伸出的手
灿若白玉兰的笑靥
秘密地开满了人家窗台

文火静静舔着心头的烦忧
月光拂动尘封的竖琴
音符从指间溜走的感觉里
渐渐模糊春天的距离

1995年3月

悲伤天使

小鹿消失在时光深处
温柔美好,芳华璀璨
深蓝色夜幕上一颗明星
生命殷殷的期望
散发阵阵遥远的寒意

我看到尘世的幸福快乐
沧桑的眼里揉入忧伤
澄净湖面上布满了
哀伤的迷雾,不敢贴你
太近,又不忍离你太远
心里渴望纯净大漠
渴望一望无际的大海
因为爱,再次深陷孤独
孤独中找到卑微初心
比悲伤天使还要落寞
在无处可去的沉闷午后
在云起云落的秋日黄昏
在午夜最黑暗的心底
奔流的潮水再也无法平息
光从最忧伤的地方出发
一点一点照亮我的世界

1995年5月

对你的爱情

飘在向你求爱的路上
像夜里一片追逐寒风的
雪花,一错再错

直到消失在尘埃里
你可曾听到我的心在哭泣
始终没找到恰当的
词语、表情、合适的距离
我和你之间只容一个字
反反复复就三个字
别的都是拐弯抹角的套路
都会让我感到羞愧
刻意疏离,也无法掩盖
现在,你我如此靠近
越过了语言的雪山
正处于合适的角度
高低和距离恰到好处
不同星系里两颗恒星
遥远而炙热,冷漠而幸福
在渴望和绝望间
钟摆的局面开始失控
真不知道将如何收场
走过那个风雪迷茫的冬日黄昏
无数个漫长苦寒的冬夜
卑微生命守着不为人知的悲情
手握着写好的剧本
剧情里没有恨意和谢忱
前者不忍,后者又不甘

1995年5月

春天之野

古城四月的郊野
满眼绿色火焰跳跃
风,妩媚着
像少女的气息吹拂
大地血脉偾张
蹿出骇人的火苗
两颗轨迹平行的流星
从天际无望滑落
坠入干渴的撒哈拉

天边滚动的春雷
一定不懂我此刻的心情
否则,不会如此压抑
压抑得叫人发狂
当一个闷雷从头顶碾过
我惊异地发现自己
身上悍然爆出一千只手
一片原始密林
在残忍的斧锯之下挣扎

雨点如豆砸落,溅起

一阵揪心揪肺的叹息
　　血,顽固地蔓延成
　　一片无法扑灭的火海
　　蓝色的火焰跳跃在海面
　　落花般忧伤地痴望着你
　　挣扎着做出最后的膜拜
　　终于,寂灭成荒原上
　　冬天坟头上雪封的干草

　　卷起一阵沉默而悲哀的风
　　天高云淡,在季节
　　模糊已极的背景下
　　努力装出完全释然的神情
　　向你微笑着,用两孔
　　奇特而纯净的黑洞
　　在你变得陌生淡远的脸上
　　艰难寻找童话的美丽

1995年5月

那夜的雨

其爱愈深,其言愈寡。

——英国谚语

那夜的雨，
下得放肆。
一只空荡荡的烧酒瓶，
火辣辣，
立在窗口。
下吧！
使劲下吧！
春天里有太多的委屈，
趁天黑，宣泄……

1995年6月

读 海

仰望夜空读海
流云背后深邃的宇宙
神秘幽静的深海
尘埃般浮游的众生

坐群山中读海
深浅浓淡的层峦叠嶂
远古的海浪化石
涛声犹回响在林间

茫茫人海读海
亲疏远近的得失多少
累世黝黑礁石
血管夜夜潮起潮落

在你眼眸读海
铺天盖地的蓝色忧伤
凝视又咸又苦
淡水鱼搁浅在海滩

1995年7月

我可否自比一块火焰化石

可否自比一块火焰化石
被你的美丽无意中点燃
猛烈燃烧在幸福时光里
默默向你传递光明温暖

难以遏制却又深深绝望
执着你永恒的华美星际
奔向那漆黑沉寂的悠远
一路上忧伤而璀璨耀眼

生命喜获自由冲破黑暗
爱情足以唤醒人的灵魂
呼吸在我沉默的诗行间

你美好的青春已然永生
在未来读我诗的人眼前
你的纯美我的炙爱重现

1995年7月

选 择

这情不自禁选择
寒冬，寂夜，孤独一个人
明月照耀积雪大地
风起时，总是言不由衷

一旦深陷绝望的情网
酷暑，午后，恹恹一棵树
雷雨过后这一地落叶
落魄处，常常身不由己

见到你明眸妩媚

仿佛欣沐春风三十里
遇你黯然嗔愁
又如身披冰霜长夜冬

遇上你，只悲伤自己
不够好，绝望的心痛得要死
更怕此生眼睁睁错过你
渴望之痛，人不欲生

我的选择只一个备选项
鱼入煎锅里，你翻
我心焦；你不翻，我身焦
真爱，从来如此不自由

爱情从来是孤身逆行
你若回首，我便冬树逢春
你若飘然一去无返
我也三生三世守在渡口

1995年9月

红篮子

忘不了最初的红篮子

仿佛来自遥远星系的惊喜
弥漫整个静寂的雪夜
硝烟散去温柔的敌意
世界毅然选择了童话的美丽

曾把欢笑洒满洁白的雪地
还有女孩子可爱的眼泪和鼻涕
下雪天是童话的旺季
红篮子装满了太多动人记忆
也蓄满了纯洁的友谊

莫非一个雨季的到来注定要
模糊了春天的距离，谁会
忍心淋湿一只美丽的蝴蝶呢
食萍小鹿伤心处天高云淡
红篮子拒绝包裹心灵的棉衣

啊，红篮子，美丽的红篮子
飘过这一季，你又将去哪里
啊，挂在我窗口无助的红篮子
空空的、伤心的红篮子
夜夜荡在我喑哑梦中的红篮子

1995年11月

爱 情

邂逅深秋暖阳里
命中注定了的一切
不经意间藏满秘密
寒枝奏响明天别离悲曲
麦种却在地下发芽

一季纷飞的大雪
茫然滑入童话的美丽
分分秒秒都是你
开始漠视路人讥笑
风筝挂在树梢

爱,是致命诱惑
千山万水的苦涩甜蜜
一次次大雪封山后
孤独徘徊在寒林
深夜里,谁在黯然神伤

爱,是末路狂奔
充满死亡的味道
时光在枝头变换

大漠依旧一望荒寒
每一季,痛都不同

爱,是心疼你不停
却又甘愿苦苦地坚守
一堆冰冷的灰烬
枯木逢春,可信吗
没人能够回答我

所有风一样的誓言
也像风一样无望无依
丰年里颗粒无收
望着金黄的麦田
手握镰刀,不知所措

1996年8月

你的声音

你的声音
开满了一树白玉兰
春风里,芬芳
醒目,安魂又揪心
庭院枯寂荒芜

花枝潜入一株冬树
的梦里，萌蘖新芽

你的声音
响彻一条澄澈小溪
浮着花瓣与月光
你灿烂的笑是一挂
瀑布，注入幽谷
我忍不住掬起一捧
你从指缝间溜走

你的声音
夏天夜晚的山风
是彩虹，是一罐
文火煎熬着的中药
你走过我的窗前
熟悉的跫音
落在我悸动的心上

你的声音
冰凉霜冷的秋水
草木萧索在朔风里
只愿这霜落在
你每天必经的路旁
合着你的清香
化作尘埃，濡湿成泥

你的声音
北冰洋漫过来的水
倾覆烧红的石头
用碎裂的痛楚
亲近你,命若游丝
坠入冰封的深渊
深藏地底的火焰化石

1996年11月

我 愿
——给玥儿的十四行

我愿意化作初冬一串灰色鸽鸣,
随了枯叶飘在落满寒星的河面,
用每一颗忧伤的雨滴激活往昔。

翅膀划过的晴空写满你的芳名,
清凉月光里你的眸子开着泪花;
愿随水晶破碎飘入你梦的窗棂,
可记得那个春夜你我淋过的雨?

我愿化作寒风里一堆灰烬余温,
雪花与欢笑在清冽甘甜的风中,

每一天爱你直到你离去的路口。

当冷风掀开我沉默苍白的嘴唇,
虚弱的词语和无言祝福抱紧你;
在街上拼尽最后的余热目送你,
你转身离去让我爱的葬礼礼成。

1996年12月

对你的爱是火焰化石

"爱"和炭相同。烧起来,得没法叫它冷却。

——莎士比亚

对你的爱是火焰化石,
深埋在漆黑绝望的地层下,
淳厚的生命滋味与意义,
充满令人窒息的稀薄生活。

炙热,纯净与善良流盼在
你澄澈的眼眸里,复燃起
心底沉睡的火焰化石。
我情难自禁,手指如风,

掠过你的发丝,这问候,
来自悠远沉默的地质年代,
只为你,我的爱人,
亲切、美好、令人迷醉。

亿万年等待后岂能错过?
静静焚烧的火焰化石,
渴望,却又如此难以靠近,
深埋在漆黑绝望的地层下!

1997年5月

寄给过去的情歌
——给玥儿的生日礼物

雨中的绿皮火车
装着一车厢泪水
辞别陇海线四等小站
只为提前一年
去古城,等你——

整个雨季里
所有听到看到的
连你的呼吸,也仿佛

早就长在我思念里

东南方夜空那颗恒星
眨着迷人的眼睛
你和我，挨得很近
回忆的苦水里
咀嚼那一丁点甜蜜

你走后的那个深秋
我安于寡淡的生活
斑斓的季节黯然失色
再没什么能让我战栗

那片海，深邃湛蓝
你视而不见
在万籁俱寂的夜晚
你巧笑灿然
浮现在遥远的银河

撕开心上的伤口
是失恋者唯一能够
让爱活着的办法
卑微而尊严的活法

渴望煎熬在远方
绝望在脚下淬火
祈祷爱情死灰复燃

让生命浴火重生
祈祷人间出现奇迹

宁肯饿死在灾年
不愿获你一粒施舍
救我命的却是
你风中善良的眼泪

这种火坑，自己
越挖越深，停不下来
也没办法出来
爱情，苦长甜短
相爱，相处最难

我和你之间
其实已经很近很近
只隔着一个
春天的距离

你高兴就好
拿走我的什么都行
只要你开心，只要你
灿烂在每一季
我不介意天寒地冻

大雪黄昏那轻轻一吻
像雪片落上你温热的额头

温柔叩你灵魂的门扉
你的娇柔融化了我的心

看,生命多美好
值得生,也值得死
兴奋,夜不能入眠
你让我成为一个
深谙语言孤独的人

对你说过的话
写给你的信
一树绽放的白玉兰
真的什么都不懂

忧伤的天空里一股
强大的涡流,吸入我的
悲伤和你的灿烂
点燃草原上的枯草
你释放出致命引力

优雅白皙的颈
正直,善良,爽朗
令我失魂落魄
我梦想能够活在

你生命的光波里
无望的爱总被讥笑

我不能也不想停止
对你的爱,这让诗神都
嫉妒得离我而去

爱,并非成功学
你消失的感觉,真好
有度假的轻松,可才一天
思念又开始泛滥

我无法爱上这座
倚老卖老的虚妄大城
注定了只是古城
青石街上匆匆的过客
春天里,等到你来

在深秋,目送你离去
五月的绮梦随枯叶飘逝
枯立沧桑岁月深处
正被时光的流沙埋没

直到你走后很久
我始终都坚信
你的美无与伦比
你,永远都独一无二
这并非因为我的爱

1997年5月

永 恒

题记：虚无缥缈且反复无常的爱情能让苦短人生精彩、坚实，让人体验到生命的尊严与永恒。

失忆的爱人姗姗而来
忘却埋藏岁月深处的火焰化石
花香落地的清音里
光，正消失于光线尽头
隔着一个春天的距离
相逢沧桑冬树斑驳的尘世间
这久别重逢的喜悦
切肤的亲切、美好与心痛
像坛孤独烈酒倚在窗口
窗外花开叶落，日子苍白忧伤
一枝被退回的灰玫瑰
枯萎在北方五月苍翠的雨夜
像鼓满了渴望的银帆
挣扎在秋日荒原干涸的河床
无辜而残忍的白玉兰
凌波寒彻绝望的哀伤
扬长而去，消失在
古城墙外永世茫茫的人海中

像风远逝,始终头也没有回

1997年7月

毛乌素

玥儿,天空没有月光
高原上夜色无边
我把自己带给荒凉的毛乌素
交给充满希望和光明的
大地,燥热的黄沙在冷却
只剩下夜空单纯

干旱开始思念雨水的气息
游子回到了灵魂的故乡
行囊空空,两耳黑风
悲伤的眼泪在今夜断流
玥儿,亲爱的玥儿
我现在躺在温暖的流沙里
躺在默不作声的悲伤里
仰望寥落的星空
我的玥儿,今夜你在哪里
哪一颗都这么亲近
却又如此遥远

我是今夜这荒芜古道上
唯一露宿的过客
却不知,明天太阳升起后
自己该去往何方
没有恨的爱超越世间一切
装满永恒的快乐和安宁
像月光下的麦浪
像夜色里起伏的沙丘
像狂风暴雨带给的痛苦
一开始就失去了她的背面
单纯,无助,一无所获
我的眼里蓄满苦涩泪水
在这干渴的死亡之海
渴望与绝望像昼夜交替
今天终于有了了断
所有爱将埋入千年黄沙
连同我给你的全部蓝色柔情
纯净、炽热、隐忍、辽阔
执着和致命的刻骨铭心
一起沉入时间永恒的沙漏

1997年8月

从洛川一路飙泪到西安

西谚云:唯有爱情和咳嗽是藏不住的。

被你的兄弟们
架上长途班车时
世界,天昏地暗
我,翻江倒海
小县城的寂寥午后
高原上只是灿烂
分别时该说点什么"兄弟——"
车子就开动了
烈酒叫人回肠荡气
翻腾在心里的却只是痛
我看到你无助地挥一下手
掀开我泪水泄洪的闸门
一路奔流南下
涌入长安朱雀门
谁在青春幻灭后号啕大哭
宛如一个被遗弃的孩子
谁倒在椅子上涕泪交流
好像对着一望死寂的戈壁大漠
你的悲伤融化了一车

萍水相逢陌生人的心
就连幼童也停止了哭闹
痛哭真是救心的良药
四个春秋的兄弟
从今后，彼此向谁倾诉
刚刚过去的这个夏天
把你烤焦了的理想
和我老死掉了的爱情
葬入毛乌素沙漠
用我的泪水和你的落寞
立一座墓碑于荒原
留给未来的你我来凭吊
曾经的血性与美好
以及全然湮灭了的青春

1997年9月

后记：这是1997年8月去洛川看延春，小住两日，一起醉生梦死之后，从洛川县城关长途汽车站离别后回西安路途的记录。现在回想当年，真是一个墓碑，是我们青春的一个衣冠冢。谁也想不到老天爷会让我们的青春、理想与爱情，一样都不少。真是，老天不负有心人，渴望得偿绝望后！

绝望八月

站在荒凉的旷野,风
叹息着抚慰王的孤独身影

不可一世,却两手空空
生命似风的种种如烟俱空

只剩下呼吸,呼吸活着
眼前王朝的废墟寸草不生

回眸最后烟花坠落之地
瑟瑟枯黄在等着过火成灰

等着被厚厚的积雪埋葬
沉默而悲哀地走入下一个

无所谓幸福不幸的春天
你走后,整个八月都很冷

1997年9月

归去来兮

> 众里寻他千百度,蓦然回首,那人却在灯火阑珊处。
> ——辛弃疾《青玉案·元夕》

信,从海上来
跳动着纯净的蓝色火焰
宛如一阵清风
我闻到大海内心的芬芳
命运女神含着抱歉的泪水
正在对我微笑
回甘带苦。你扬帆
归来时,码头上
汽笛长鸣,不知所措
沉浸在一片春光里
两心欢喜,相视无言
屏蔽了都市浮华
爱,再一次滤掉喧嚣
世界又只剩下你我
拥抱和热吻需要时间
慢慢习惯。突然发现
身体之间的距离
比心与心远了半公尺

幸福时刻真来临了
不能承受这刹那间的眩晕
恍惚又是在梦里
撒哈拉苦涩绝望的沙海
爱,只能以爱相报
美好,丰饶,超乎梦想
曾经怎么说都不懂
此刻只需一个眼神
彼此阅读,像谷雨的麦苗
贪恋着沃润的土地
从此后,孤独赶路的你我
携手余生,归去来兮

1998年2月

注:归去来兮,意思是回去吧。指归隐乡里。出自晋·陶渊明《归去来兮辞》。这里是指相爱的人彼此拥有,沉浸在与世隔绝的二人世界里。

甘 霖

甘霖静静滋润着大地
世界开始一个崭新的纪元
零距离的春天里

所有桃花一夜间开满了
苍翠山坡，谷雨
是马不停蹄的播种季节
听——，北方麦苗
拔节的声音，春笋的犁铧
翻开南方的处女地
时间的虚幻再次呈现时
我积年的憔悴隐遁
未来的日子春潮般涌来
夹道欢迎一场蓄谋
已久的爱情，从远方赶来
不可遏制的绿色火焰燃烧
蔓延在纠缠焦渴的唇上
火的舞蹈踏着光的乐章跳起
让纯净的心走出芳香的
耳朵，坠入温柔的深渊
一处销魂，处处灿烂美好
如水的衣纹下珍藏了
太多鱼儿的惊喜与蜜意
雨过的夜空月华万顷
春宵窅然，海风款行南窗
把一瓣瓣灼灼的祝福
轻轻洒满相拥而眠的枕边
疲惫大地酣然在天梦里
匀称的鼻息结满了
神秘的花香，赤裸的灵魂
在馥郁夜色下静静交融

沐着如水的月光，合二为一

1998年4月

自　然

爱是世间唯一的自然
当爱猝然莅临
春雨落入午后的清溪
密林上空的繁星
把迷人的夜色揽入怀中
清溪两条小鲫鱼
游在如水的衣纹间
踏着清风鸟鸣
和山泉激越的奏鸣
梦里的黑骏马血脉偾张
迷失在草原深处
大地上万物静静生长
生命的火焰照亮整个世界
热吻都无法消解
每一片熊熊燃烧的绿意
月色般优雅和柔美
在被拥有的迷失中消失
像遥远星际一颗正在燃爆的

流星、灿烂、炫目
无限美好，照亮爱的群峰

1998年4月

爱情珠峰

今年，满大街
流行歌曲《相约1998》
明天成为青年的信仰
南方初春的阳光里
我们再次牵起手
消失在滚滚人潮人海中
蓦然回首粲然一笑
对红尘中两千个日夜
Say goodbye
沐浴在爱的光海里
生命无限美好
倾听全然苏醒的大地上
抽枝散叶的声音
感受自由舒展的气质
霞光早已铺满了天空
从今天起，世界
面朝大海，春暖花开

从兼葭苍苍的凄美出发
一路亡命天涯
终于抵达珠江东岸
背对着太平洋
无处可逃，也无须再逃
站在爱情的珠峰之巅
看海面上潮起潮落

1998年4月

暴雨中

暴雨中，莲塘站
下了绿皮 468 中巴
瞬间出落成了落汤鸡
可怜我崭新一身行头
飘摇在风雨中
锃亮皮鞋像两条船
覆没在及膝的汪洋里

"不该答应等她送伞
该破罐破摔，冒雨回去"

暴雨中，仙湖站

撑把雨伞匆忙出门
呼机落在了屋里
路面已经汹涌成河
深一脚浅一脚
裙摆早已湿了大半
过两趟中巴也不见人影

"该问清楚哪路车
要不去菜市场站台等"

暴雨中,菜市场
门口的屋檐下
一只呆立的落汤鸡
捯饬着贴在身上的羽毛
不时向雨雾里张望
一刻钟打俩寻呼了
不回话,也看不见人

"担忧领着焦虑到访
等还是不等的纠结"

暴雨中,雨地里
蹚进雨水往家去摸去
撑着小伞迎面走来
所有担心化成怨气
你小心看着我笑
爱如白雨浇灭一切

也让眼泪藏进雨水里

"在风里雨里泪水里
拥着爱情的甜蜜和酸楚"

1998年6月

在一起

在一起,艰难穿过人山
人海中形影不离
跋涉在清冷的荒原
你指了指遥远的远方
远方什么也看不到
我的心里瞬间长满绿意
仔细握紧你的小手
和你一起经历和体验
一起翻越生活坎坷
一起去突破生命限制
曾经风雨飘摇
我们在别人屋檐下
双栖双宿,终日相守
暴雨中哭泣拥吻
刻骨铭心的幸福与酸楚

长在我们的生命里
在一起,再次上路
从自己温馨的小窝出发
带上你喜欢吃的甜品
你喜欢的鞋帽衣服
在风雨里探寻生命的金矿
也在精神的田野上
收获到了金灿灿的庄稼
带着为爱赋予的
生命,一起行走在
天地之间,慢慢变老
也开始变得无所畏惧

1998年8月

像风拂过树梢

你玉立在我的暮春
让我的双手颤抖
忍不住抚摸你乌黑的发梢
像凉风拂过树梢
惊起一只栖息的飞鸟

河水缓缓流过草甸

水面上铺满了大朵白云
低头食萍的小鹿
听不懂我每一句话
惊慌地跑过雨后的麦田

踩在梦最单薄的堤岸
一个清新世界，多么美好
远处油菜花金黄一片
灿烂了忧郁的天空
一直把喜悦送达遥远梦乡

寂寞的田野与天空
映照在波光潋滟的河面
披着暮色掠过小桥
隐入对岸坡地苍翠的松林
仿佛奔赴一个神秘召唤

那片金黄油菜花的尽头
密林的深处藏着某种幸福
温暖而明快的身影
像渐渐消失的少女的微笑
像爽朗笑声的回音

寂静的林际多么美好
不必忌惮春天的残忍伤害
松针上的雨珠坠落
消失在梦中的小鹿

把我少年的忧伤带往远方

1998年10月

深夜的马路边

街角昏黄路灯底下
一个孤单单哭泣的影子
女主角决然离去
身后卷起凌乱的枯叶
她可爱的身影被路灯拉长
又缩短，然后消失
留下一个无助的人
被掏空的世界
遽然变得虚伪和可疑
悲戚在蒙蒙细雨中
一声野性的哀号
撕裂城市文明的夜空
路过的汽车都停了三秒
如此场景每天上演
场场都有不一样的痛
茫然不知往哪里去
让泪水消失在雨水里
情书是最伤人心的退稿

燃烧了多少难眠夜晚
古老而闷热的夏夜
寒意逼人瑟瑟发抖
然后,冷静地思考爱情
爱情这场致命的不幸车祸
若免疫或机智地绕过
会给仅此一次的生命
留下最不该留下的缺憾

1998年11月

爱情四季

春天的距离,潮水般消退
擦肩的单向列车,呼啸而过
射向残阳下遥远的地平线

夏夜暑气熏蒸的月台上
被欲望抛弃的灵魂赤裸着
忧伤,无助,纷纷飘落
红的黄的熟透了的缄默落叶

泪水消失在冰凉的秋雨中
仿佛落樱,一无所获

却又凄美无依,让人心碎

像一个个无人认领的孤儿
正用纯净的目光作别
不曾回眸,站在裸露的枝头
踏露晓行大地之上的过客

无数个孤儿在凛风中奔跑
追着正踽踽独行的我
向不曾离弃的冰冷肉体打探

人呢？人呢？人在哪？
城市乡村,处处已万家灯火
欲望毅然一去不复返
这湿漉漉黑黢黢的秋夜里

所有透出暖色灯光的窗户后
总藏着炉火般慈爱的眼
爱与善良,静静燃烧的烛光

照亮窅昧霜夜的时空拐角
你渴望的所有美好破土而出
一道你意想不到的大赦
像闪电穿透寒夜厚密的彤云

重获自由的喜悦将你抱紧
令你窒息如梅枝,履冰披雪

绽放在黎明第一缕春风中

1999年10月

注：宵昧，yǎo mèi，深邃昏暗。

爱 人

爱人没出现时
春天不是春天
冬天的雪花也只是雪
渴望趁春天死去
曾枯坐寒夜，了无意趣
爱人如约而至后
我的世界里燃起烈火
生死只能由爱做主
灿若仙子的你
搅乱我一池的春水
风吹过鸟语花香的枝头
爱人如约而至

爱人没出现时
我不知道是在等谁
漫长跋涉后

等来你惊鸿一瞥
渴望只会在绝望中萌生
就像爱情只会在
爱情里萌蘖
枯木只在春雨里复苏
你如约而至
飘落越冬后僵硬的大地
滋润万物生长
风吹过鸟语花香的枝头
爱人如约而至

爱人没出现时
我想不清爱人模样
无法想象爱情的
甜酸苦辣
遇到你,我失魂落魄
海水固执浇灭烈焰
直到长夜死灰冰冷
爱人如约而至
擦肩而过,消逝的爱情
像没有痛苦和恐惧的死亡
只渴望纯净沙漠
风吹过鸟语花香的枝头
爱人如约而至

爱人如约而至
鹿终于在海角天涯回头

喜极而泣的孩子
拥有了爱情的绿洲
思念一夜间疯长
辽阔草原上骏奔鹰翔
爱人如约而至
紧紧牵住失而复得的手
只说云起潮落
风吹过鸟语花香的枝头
爱人如约而至

2002年3月

千里求雨

这次，你该懂了吧？
我为什么来南方。

黄土地的白雨浇不透
这片干涸的麦田。

你看海边这雨，酣畅
不羁，惊心动魄。

今夜，坐我的车里，

像不像坐在潜水艇里?

游弋漆黑神秘深海,
荣耀感远远超过恐惧!

只有这样的暴雨,
才能消解我灵魂之渴。

2003年6月

注:白雨,暴雨。李白《宿虾湖》:"白雨映寒山,森森似银竹。"

关于爱情

关于爱情,人类
已经说了太多
远超过爱情本身
爱情是生命里一场
一个人的遭遇战
或者伏击战
你可以马革裹尸
却没有勋章,也无人喝彩
或者你缴枪投降

把遗憾给余生
谁都有权选择爱或者
不爱，若爱，请拼命
不爱，就吹着口哨走开
无所谓悲哀欢喜
寻死觅活也相当可笑
爱，就长在那里
像星星，你不能摘走
也不能放进背囊
背着你的爱浪迹天涯

谁不是用强颜欢笑
掩饰着有目共睹的伤痕
恨只恨，年轻的心
不懂得一命奉陪到底
到头来才悔憾
原来，根本无路可逃

2004年9月

爱不是等，是无言生长

星河脉脉流淌在夜空
静静的夏夜，孤孤单单

没有人知道那种无言的悲伤
爱不是等,是无言生长

激情悄悄在绝望燃烧
渺渺的时空,清清楚楚
深爱着一个心门紧闭的恋人
爱不是等,是无言生长

向往纯净死寂的沙漠
暖暖的沙浪,明明白白
诗意抚慰这颗昼夜煎熬的心
爱不是等,是无言生长

坚硬的寒冰之下呜咽
熠熠的闪光,平平淡淡
一堆死灰也能够春风里复燃
爱不是等,是无言生长

2005年8月

鲸 落

春蚕到死丝方尽,蜡炬成灰泪始干。

——李商隐

在深爱着的蔚蓝里
终于，耗尽了一生的意气和热情
天高云淡。到了该把一切
归还给你的时候了
深沉、浪漫、迷人而忧伤
像是一声叹息吹散了的炊烟
我们已不再相信眼泪
不过是一场爱情的生生死死
当我所有的炙热耗尽
冷焰落入灰烬，爱——
竟是如此丰盈，如此浩大
如此释然，了无牵挂
向着幽深溟冷的海床缓缓滑去
足以打发此后漫长沉寂的岁月
看着爱所有柔软的部分
一点一点地消失，灵魂
换上全新的生命外衣
直到全部骨骼也化为焦岩
生出美丽的珊瑚
黎明永远无法到达之域
在寒冷漆黑的海底静静生长
成为爱最弥久坚实的部分
等着热寂之后再次喷发的幽灵
思念曾经在巨浪狂飙中
驰骋的不羁与高贵
欢欣与哀愁全都无怨无悔

对你纯真美好的爱情无穷无尽
是我一生最大的幸运

2006年12月

纯净之爱

题记：诗，不会受时间羁绊。仗爱抹掉语言在诗的国度里的时空疆域，就像自由的灵魂一定是把自觉疏离并执意超越时代作为最高追求——不论这个时代是好是坏。现世所有成就和荣耀，百年之后最大的幸运也只在书页与比特之间，再无人提起，遑论千年绸缪！人们只着眼当下，甚至并不真心关切未来。诗人不同，不仅活在现世的过去、现在和未来，也穿行于往世与来世的全域之境。

如约而至，蓝底白碎花衬衫
映在小镇邮局明净的落地玻璃上
午后的阳光栖落窗前
鸟儿伏在浓荫里窥视着一切

在我们波光粼粼的心间
荡着十里春风，初涉春水难免
茫然，无措，一筹莫展

多年以后,当我收到
那个春日寄出的包裹
温顺的白鸽栖落在低垂的眉间
娇俏白皙的鼻尖细汗如钻

惊心动魄,看上去就像
只身穿过雨后湿漉漉的林间
水滴亮晶晶在松针低悬

纤尘不染,静静等风来落
风却始终徘徊在流年沧桑的天边
散落的日子仓皇如沙
任高山大川交错成深邃的海面

你始终芳香四溢,柔美惠安
暮春午后的纯净之爱
漫过我荒芜的青春后,烈焰冲天

你优柔温暖的气息
穿越时空,萦绕耳畔,仿佛
这片独步晴空的白云从旷远昊天
造访我已经烟火稠重的人间

2007年4月

长安·九歌

1

到处都是商周秦汉唐的时空碎片
黄土之下游走着也曾青春过的亡灵
一对情侣走入青青麦地,坐在
晚风吹拂的田垄上看着远处的大山
铺满彩霞的天空上,一只鹰高翔

2

穿过千年大雄宝殿,大雪纷纷扬扬
肤如白纸的红衣少女停在院中
苍白的青年指着一树金灿灿的蜡梅说
"你闻,梅花的幽香——"

3

盆景园的土山上,朱漆古亭犹在
对面林木翳日的小土山已荡然无存
连同第一次阳光吻过的花枝
穿过大雁塔广场古玩小商贩的地摊

再往前一箭之地,就是蔷薇园
激情黄昏时分,当小鸟惊慌飞去
一枚树叶正徐徐飘入远去的钟声里
古玩店屋檐下的风铃跟风响起
惊醒裹在包浆里沉睡着的青瓷梅瓶
大大的落日红彤彤挑在白杨树梢

4

去找一个背着药箱的姑娘
细眉眼,马尾巴,风姿绰约
断了药的病人痛醒在漆黑无依的黑夜
古城也睡熟了
只有风摸着黑在喊:痛,痛,痛!

5

从西门到东门,见过很多好看的女孩
真不记得都跟她们说了些什么
既是此生必须要遇到的人,就要善待
一餐饭,一个雪糕,一通言不由衷
然后在春夏秋冬各色夜幕下客气分手
约好了这个周末再见面的时间
一个单纯的城市长大的漂亮女孩
怎么会知道泊在渡口的船在等谁呢
平庸的微笑里藏着刻骨的伤痛
伤痛会让人对世间一切别的美好都麻木

当然也包括那个忘记了的美丽约会

6

那时的我们太年轻了
以致让我们都错以为
自然拥有了选择美好的权力
像在暮春野外通宵畅谈
直到在一个炙热的
夏夜,坐上列车各奔东西
我们被时间割掉耳朵
又被空间蒙上眼睛
散落各地,又聋又哑的孩子

7

象牙塔里,你飘然而至,一朵夜来香
就开启一场无法躲避的劫难,选择
开在我身边的你,就没听到我的心跳吗
一种圣洁的美笼罩你,春夜起风了
可是,风马牛!一头耕地拉犁的蠢牛
喘着粗气走近你,连着一片青草吃掉了
从此,我变得谨慎,勇敢,更加疯狂

8

旅途总有邂逅, 就像是一个个路口

你不能同时踏入两个路口
所有的彷徨、犹疑和眼泪也注定为路口准备
欠你的都还给你，行囊要清空
前面，我还有千山万水的路要走

9

在最好的年龄学习经商
我们错过了字里行间的诗意
也错过春风拂面的惬意
一个窈窕淑女从蒹葭苍苍的
渭水之湄款款走来
脸颊上开满了灼灼的桃花
玄丘，春晓，月正婵娟
在一个吹吹打打的喜庆日子里
欢喜地做了谁的新娘

2008年9月

爱在未来

被你退回的情书
写满了我们的前世今生
对未来却只字不提

你皱着眉说,看不懂
爱情只能活在共同的语言里
留下我凌乱在风里
一声低嚎撕裂古城夜空
草原浓重的夜色
撕心裂肺的大漠戈壁
才能抚慰我
下雪了,每一片雪花
每一段失声痛哭的文字
相互追逐着消失

大雪像是在发泄
湿漉漉黑黝黝的树干
在风中呜呜咽咽
看不见黎明的曙光
爱情只能活在共同的语言里
冬夜,不甘心忘却
无从诉说这难言的伤悲
除非穿越到未来
我们不知道正错失美好
眼眸像梦一样迷茫
在每一处时空交错之地
总是擦肩而过
比陌生人还要冷漠

未来却总是秘而不宣
子弹穿透心脏

期待一次次亲密独处
表达苍白而喑哑
心很近，人很远
云淡风轻的沉默背后
夜雪，静静落着
一叠发黄的信笺
渴望再次燃烧的文字
载着尘世悲欣
奔向晦暗不明的未来
要赶在那片雪花
落地之前，抵达爱

2010年1月

背　影

你离去的身影
被风雪模糊
立在岁月渡口的我
潮起潮落中
重新开始一个人走
此生此世，永失我爱
又见渡口，谁又将
站在风里雨里

泪水里,送我背影
爱情犹如生命
迎来送往,生生不息
生命之川漂满悲欣

2011年9月

离　场

驾车离场,一路秋雨北上,
雨刮忙了整整一天。

冷雨混着泪水淋湿了心,
沿途弥漫着浓重悲伤。

暮鸟投林,射入江汉平原,
一腔意气已是强弩之末。

当恨反转,背面,
还是那个伤心欲绝的名字。

云烟凄迷,夜色四合,
读懂了"日暮客愁新"。

单枪匹马,漂泊他乡,
身前身后何处才是归途?

故乡在前,乡愁在后。
迷茫雨雾里不知何去何从。

日行两千里的风尘啊,
我恨它,打败情愁的反攻。

早晨仗剑诀别时的快意,
消失于夜色般深重的痛悔。

时空疏离,情非得已,
心碎离伤让人撕心裂肺……

离去途中,已经开始渴望,
每一秒都拉开更远的归期。

2011年9月

我一直在你梦里静静生长

鸟儿没入漆黑的寒林
孤独的灯光闪烁在城市夜空

大南山默对沉寂的大海
谁正悄无声息,在澄澈湖面凌波微步
水草铺就一个静谧梦乡
每个季节里世界都青翠碧透
天空大地一尘不染
亚当夏娃还不曾吞下智慧果
你的一个关于春天的梦
我一直在你的梦里静静生长
聚集生命里全部至高无上的激情
春风吹开花蕾,种子发芽
魔鬼的季节里听信了蛇的花言巧语
卑微的小草向着天空许愿
坐视初心在夏日的雷雨中淬火
直到白霜轻描淡写地落笔彤红的酱果
你的微笑多么动人和熟悉
让我想起你在我的世间第一个微笑
你像孩子一样天真和纯洁
一脸圣洁,美好,光彩照人
在一个雨后的青青世界
阳光晃在翠绿叶尖晶莹的水滴上
我们穿越井深的时光黑洞
以光的方式静静抵达
把我前世的梦境投射到你的世界
昨日的河流满载祝福与苦难
流过今夜,汇入到你苍茫之海
"亲爱的,我一直在你梦里静静生长"
常年路经这片林地上空的风啊

湖面的月光,叶子上的露珠和白霜
还有茫茫夜空中灿烂的群星
我只想把幸福和苦难向你诉说

2017年12月

回　家

走吧,去你向往的南方
留我在枯寂了一千年的古城
风消失于树杪,火苗熄灭
麦田尽头的喧嚣与轻狂
那些浓稠岁月正加速稀释
读你沾着蓝色海水的来信
秋月之下银色风帆高悬
泊在我胸口,呼吸你的甜蜜
再一次让我坠入无边眩晕

来吧,带你到毛乌素深处
纯净之地放逐一往情深的心
埋掉无处可去的悲伤
泪水河水般悠长,在漫长
旅途之上纵情流淌
天边孤星枕着一万年的苍凉

仿佛是你靠在我的肩头
以一种盛大纯洁的古老仪式
预言你我无处安放的未来

家,是两颗心隐匿厮守的圣地
潮起潮落,云卷云舒
为我们的爱注入生命与灵魂
陪护小鸟穿越迷雾中的黑夜
一起在每天清晨,看日出东方
在每一个最平淡的午后
在翠绿的风中赞叹生命奇迹
当海水漫过银白色的沙滩
夜色湮灭了 H&L love forever
我们携手回家,无憾此生

2019年11月

麦 子

向着让人沮丧的死亡抽芽的种子,
就像敢于亮剑强敌的勇士。
穿越北方天寒地冻的绝望,
泡在冰冷泥水里的孤独火种,
渴望把你春风般妩媚的绿色火焰抱在怀里。

柔弱的麦苗顶着积雪,
把根须默默扎入母爱般宽广的大地。
隧道般漫长沉闷的季节,
提纯了爱的意志,
灵魂漫游于暗物质世界,
渐渐习惯了一种安静的燃烧,
一种明耀火焰化石般燃烧的方式。
春天流盼的美目发出一个讯息,
外星语无法破译的三个字,
为生命打开了向上的生长绿色通道,
在细雨中拔节,抽穗,
在旭日里灌浆,成长……
月下浮泛着银光的麦浪转眼间,
由青变黄。始终和爱在一起,
青春,活力,令人神醉和赞叹,
洋溢着原始而质朴的气息。
依然是创造了生命的爱,打开了
一片光的世界,走过秋冬春夏,
麦子,生生死死,进行着爱的轮回。
我们只是尘世两粒相互纠缠的麦种,
所有结局在发芽时就已注定。
毫无意义,也没有价值,除了爱!
不论古今,不论伟大或者卑微,
野花静静开放在幽谷,鸟儿无声飞过晴空,
寂寞流岚漫步山间,爱,从不喧嚣。
一切如清风明月,一切都不留痕迹,
生命里重要的事情都已被安排在生死之外,

走过一生，能被我们握住的，
只是对你一往情深的如风之爱。

2020年6月

时间，爱，永恒

生命漫游于茫茫太空
一片绵延无尽的时间黑布
爱是星辰，是渴望
是无限黑幕筛进来的希冀
暗淡却温暖，悠远又亲切
就像是无人会留意的
婚宴上一张黯然的空椅
或者，悲伤的葬礼上
一个姗姗来迟的身影
生命间自有某些不为人知的
瓜葛与细节，好像璀璨群星中
每一颗都各有明暗与喜悲
无限接近，然后错过
错过无以慰藉的伤痛与绝望
纯净沙漠是最好的归宿
爱是永恒燃烧的火焰
只有你能感受并且铭记

我掌心紧攥着的倔强与温暖
浩瀚大漠之上跋涉的旅人
卑微柔弱,生生不息
被流沙吞没,葬身沙海
坐化成一颗火焰化石
只因心底深藏了你的温柔
伫立在风掀麦浪的路口
月光如水,银光浮泛
暮色大口大口吞噬着大雪
深情亲吻过你圣洁的额头
被幸福猛击的战栗中
仿佛旧梦重温,抚摸那
一声绝望而无助的哀号
伴着大慈恩寺暮鼓沉入了
无边空漠的春寒之夜
一个怯生生的春日黄昏
落入你两颗静静滑落的泪珠
晴空莫名就飘落雨丝
终于在秋日的午后
变成一只茫然无措的手
在落满枯叶的小路上
徒然垂下,对着你
嗒然远去的背影一阵心痛
凡从我们时间的沙漏流出的
必将进入未来金色梦里
成为我们永恒爱情的一部分

2020年10月

红围巾

一直飘扬在脑海深处
像蓝色海面上寂寞的银帆
站在岁月斑驳的光影间
挂在阴晴不定的风波里

翠花南路的七月是伤心的
面对面坐在小餐馆里
靠着墙,一张实木餐桌
美好时光里,最后的晚餐

隔着时间沧桑的河面
现在已看不清盘里的菜肴
记不起彼此说过的话
和那些落满一地的叹息

这幅留白一生的画作
尘封在堆积的温暖日子后
该有个落款,以纯净
浪漫的天山雪莲的名义

2021年12月

上書房詩話

为什么是"上书房诗话"?

人是会变的。但有些东西,命中注定改变不了。

年轻时每回一沓沓数现钞,我都会数着数着忍不住嘴角上翘。现在就出息很多了。大概人活到一定年龄,会开始明白,取悦世界是一种愚痴。人终究是要回归个体生命本我,把在精神层面取悦自己当作自然和重要的事情。

读书和写诗——尤其是后者——就是我取悦自己。这很像孩子从大人那里得到他们心仪已久的玩具。真的长大后,人的玩具大约应该只有两种:一种是关上房门自己玩的,追求才情够雅;一种是置身窗外风声雨声里玩的,追求智识够野。这只是目标,做不做得到,暂且不管了。

从少年开始写诗,上学时有诗作发表。毕业后在内地某机关工作两年,深恐人生就此寡淡无味,于是自放南粤。裸身跳海,风雨飘摇中图生存;自生自灭,颠沛流离里讨生活。诗歌,在疲于奔命的深圳,也渐行渐远了。一路走来,阅人无数,也不免违心悦人。直到前年某日于海滨忽有所悟,是时候了,该干点自己真心喜欢干的事情了,眼前这个世界爱咋咋去。写诗,悦己而已。

现在回答为什么是"上书房诗话"这个问题。

这跟皇上金銮殿和太子东宫什么的,没一点关系,平生最痛恨古今各路野蛮专制的昏君明主。人,生来都是赤条条娘肚子里出来,一旦呱呱坠地来就很不一样了,这实在无法选择和改变。但上书房以为:对每一个个体的人的基本尊严给予切实平等保护的社会制度,才配得上"现代"的名头。否则,留不留辫子,你都还在清朝的天空底下跪着。取名"上书房",并非攀附皇气龙威的清朝遗老自恋,而是因为,我的书房在阁楼之上,不在下边。

"诗话",在这里也不是专业诗词评论。主要是写诗,而且写的主要是现代诗。这里全部诗文均是我一个字一个字码出来的原创作品,这是终极自悦。当然,与朋友共同赏析探讨,也是一种超级自悦。

如果,你感觉哪首诗写得好,恰得你心,请转。也非常欢迎你直抒胸臆地批评。因为"批评若不自由,赞美也将毫无意义"。

2019年7月25日于上书房

江城子

丁卯年农历十月初七夜大雪。夜已深,忽闻雁鸣三两声,随雪飘临窗前,甚是凄恻。念与亡母阴阳三秋,心悲难眠,填此词。

南飞鸣雁雪迷茫，不寻思，季三秋。两道泪痕，流尽意悲凉，慈应碧霄催衣帽，飞凭雪，雁传将。　　音容时有入梦乡，坐窗前，鬓尤乌。求抱扑前，惊醒泪成行，唯愿睡神终不恶，如今夜，勿我枉。

和寒鸦

山木自寇路自盘，鹰落平川犬亦怜。
皓首回望清浊处，愁肠空挂鸟道间。

无　题

楼外风雨楼内歌，酱香美酒自独酌。
寻常浮生黄昏后，舟过险滩豪情多。

雪夜山行

题记：戊戌年腊月二十五黄昏驱车200里冒大雪上太白鳌

山滑雪场。

明知山有雪，偏向雪山行。
山路夜冰封，逆雪车彳亍。
大车颤巍巍，小车漂移中。
人生如行路，跋前疐后通。
路演与彩排，劳心催人老。
志得意满时，是人皆展颜。
笑到脸抽筋，稀松不神奇。
最是艰难处，能笑真灿烂。
梅花雪中放，暗香魂出窍。
驾言出游日，足泄吾忧愁。
喜忧悲欣去，心潜大化里。
亲友莫相问，云暗雪雾深。

注：1.明知山有雪，化自谚语"明知山有虎，偏向虎山行"。去滑雪，当然知道山上有雪，上山的道路自然也被大雪封住，明知道危险依然不改初衷，这需要一些勇气。人生又何尝不是如此，生下来，谁不需要面对一个充满危机和不确定的世界呢？

2.彳亍，chì chù，意思为慢步行走；徘徊。

3.跋前疐后，bá qián zhì hòu，跋：踏、踩；疐：跌倒，也作"踬"。比喻陷入困境，进退两难。

4.驾言出游，语出《诗·邶风·泉水》："驾言出游，以写我忧。"驾，乘车；言，语助词，指代出游，出行。晋代陶潜《归去来兮辞》："世与我而相违，复驾言兮焉求！"

鳌山滑雪

风雪夜宿鳌山东,犬子对雪喜欲疯。
小儿拔剑意茫然,御风搏雪破长空。
一宿酣眠雪压惊,晨起寒鸦嘎愈静。
满目银装日呆呆,飞扬雪场心怦怦。
雪上飞乐不愿回,气短腿软老夫颓。
欲呼声哑追不着,雪映满头鬓毛催。
人生尽兴当图早,得不得意不顾了。
莫等莫攒只冀求,夕阳无限亦未悔。

戊戌年腊月二十四谒桥山黄帝陵感怀

踏遍锦绣冬日斜,披尘履冰谒桥山。
古柏岸岸初祖意?石碑森森大德言。
争入宗庙列飨宴,遗曾故缺石多残?
从来运背萧墙里,我自参瞻烟自寒。

咏 梅

暗香寂静出,孑然苦寒中。
自放雪晴日,风骨破俗尘。
一树梅清逸,生非红尘里。
幽香客长安,缭绕兴善寺。

岭南行吟

最是清秋沐尘心,岭南山水渐觉亲。
渺渺人世一过客,此心安处悦乡音。

露营从化花溪头村

人生意不适,南昆深林意。
俗情涤野瀑,真趣密星际。
野营犬子嬉,恬然物不欺。
皎皎沐万物,盈亏大化里。

四海湖秋晨

秋水,落叶,寂寥。
才起,身已天涯路。
晨钟,暮鼓,苍茫。
向晚,心却无回意。

机场送二六虎子只身出游江浙

仲春南粤满目翠,雏隼志思青云花。
行遍地支单飞初,老夫从此也啖瓜。

乙未孟春科昌观沈墨师兄作书

沈素绢兮踱笔端,
凝神敛容兮气宇轩。
墨未泼兮势已扑。

落笔洒落兮非等闲。
书畅意若游龙兮,
象跃然于纸上。
法自然如墨兰兮,
字既成乎幽香。
意超远似有神兮,
吾欲说已忘言,
境欲化育大师兮,
得舍自不流俗。
好汝气质兮冰清,
脱尘去俗兮清新。
好汝肌肤兮玉洁,
润枯浓淡兮葳蕤。
噫!子慕予兮清雅而脱俗,
守正而不僵。

人生感悟

人生如寄,贪又何益?
生不带来,死皆归一。
人生如露,嗔怒最苦。
伤人害己,火近墓土。
人生如戏,痴最入迷。
大化开合,梦里如意。

人生行雾，愚不可悟。
不可一世，性命尽负。
人生如毒，如火如荼。
傲起魔障，命舛孰图。
人生一次，忧惧何益！
向死而生，执善如离。

巽寮湾夜思

昼夜晨昏如神，星月山海天真。
心随潮起云寞，洪荒文明由人。

唱和王兄之讥

老夫亦喜颈尾联，卖老何人不狂言。
公怨旧雨落新塔，不惧坏壁狗尿坍？

　　王某者，咸阳人士，某老友也。上书房舞象旧雨，固一世之至交也。少年投契，尝同寝餐。俗语云："狗皮袜子没反正。"阔别卅载，际遇云泥。所见世界，固心口迥异，不免芥蒂满腹。彼此时常情急心切，以致面红耳赤，然情谊不改。或碍于身份，王兄对上书房于其朋友圈之调侃颇有愠色，故以苏诗尾联相讥。上书房以为力有所逮，深许之。蹇驴嘶鸣，打油回敬，方不废友人之机锋矣！

附：王兄 2019 年 8 月 27 日朋友圈
　　我挑出来苏轼最好的诗，一般人觉得前四句好，可我偏偏觉得后四句好。有和我一样看法的吗？

和子由渑池怀旧
人生到处知何似，应似飞鸿踏雪泥。
泥上偶然留指爪，鸿飞那复计东西。
老僧已死成新塔，坏壁无由见旧题。
往日崎岖还记否，路长人困蹇驴嘶。

海滨秋思

鸟鸣海边浪，风猎帆影孤。
霜落长安叶，秋思又一年。

光

三光爱秘语,穿生透命局。
脉脉抚大地,隐隐云海域。
晨昏切昼夜,海黑星月隐。
日烨草木熠,飞鸟自游鱼。

中秋夜赠宝收兄

曲江一轮冷,天涯此清晖。
思君君难见,游目广寒宫。
唐风吹渭水,汉气吞古原。
千年又千载,秦地复苦寒。

大湾沉百舸,金风空银龙。
经年海上寂,月漠世界殊。
今非君来日,冷暖一秋分。
香江大潮落,鸿雁几时来?

人生固苦短,岂堪千岁忧。

樊笼尘杂久,况复疫汹汹。
意气如秋水,来日似齿希。
杯满婵娟意,谈宴得清欢。

晨起,上书房望寒鸦之兰

盆中非池中,累汝非俗功。
君本凌波子,红尘思涧淙。
香透止水起,气漫屏风生。
茎孤花迟迟,叶疏胡不归?

和寒鸦无题诗

网易空负少年愁,旧坟不似新坟头。
一春一秋姑苏寺,寒鸦一点说还休。

听《寒山僧踪》

浮华满眼，不敌一阵秋风之爽。
贵为君王，难免生死无常之数。
有限生命填不满无穷欲望，
一颗露水意堪圬一池春水。
生命恰似一阵风。
起时，飞沙走石，不可一世；
止处，尘埃落定，归尘归土。
津迷障眼心茫然，不知一切皆空。
琴声禅意身恍惚，幡然水月镜花。
唯善与真，存乎一心，穿时越空，
串起所历一个个时代的昼夜晨昏。
这尘世间固无神仙，
固无这里那里俱是之事物。
生死殊苦，众生皆卑微而平等；
避恐偷生，临终方知无路可逃。
生命唯担责于己。只问汝——
一次次来，一回回去，忙碌一生
汝系何人？欲善于光海？
抑或一意孤行，恶在黑暗之渊薮？

立 夏

春去梦断云自漂,日光从容旧火烧。
窗前木棉花树下,月影摇落冷魂销。
茫茫清宵人寂寂,蠢蠢势众雀鸦叨。
等闲熟看大风起,横槊赋诗人自骄。

注:唐·孟浩然《留别王维》:"寂寂竟何待,朝朝空自归。"

谷 雨

谷雨送春深回眸,群芳销陨浅事愁。
余年美景赖追忆,日落云水复悠悠。

和冉兄《忆母》

孤舟四十年，萱草无人怜。
四时残魂度，三春方寸间。
恩亲河汉隐，赤子朔月悬。
且向薄梦里，缱绻独潸然。

梧桐雨

断魂孤枝空复空，舍身飘零冷雨中。
离地百尺终一落，一世意气笑东风。

图题诗

晨昏升落河冰寒，青丝垂钓远树闲。
金光最堪入乡景，草暖游子云连天。

和师兄《和海公祠》

优学优技官易优,官文官武高门楼。
尔曹身名俱寂灭,官威空付万古愁。

村　逝

卅年乡颓麦田芜,农徙鸡犬声不闻。
霜鬓村童无心恸,佯醉高楼赋圣歌。

故　园
——悼念二姨丈西归

季春花雨从母安,星疏月离故园寒。
忽闻姨丈亦驾鹤,半载枯叶霜满天。
窄巷旧院河滩梦,三更唤醒寒瓜甜。
从来只道日方长,长啸悠悠哀雪残。

注：从母，母亲的姐妹，即姨母。此处指母亲的二姐，二姨母。

读赵学长诗《冬恋》知秦岭昨日初雪

秦岭初雪岭南凉，叶绿草青雁阵长。
天空海阔何所措，长安北望意迷茫。
卅年南来北归路，乡愁如烟绕残阳。
身老渐不与心便，孤梦断处亦故乡。

题图天府古装美女打油诗

粉白青瓦女儿墙，银杏金黄倚娇娘。
素衣乌瀑嗔带怨，天足许有一尺长？

村口老银杏

秋深炊烟总悲凉,村口古树却昂扬。
灿若处子蓝天绽,铺天盖地溯沧桑。

冬 雪

冬雪纷纷素钱飞,灵车辚辚铅云垂。
苍天撕碎契约纸,万兽兀僵木悲摧。
满腔五胡乱华愤,封山独虎对冷灰。
朱墙易装终非海,乌骓尥飐寒风吹。

长安雪

雪不落岭南,见字思故园。
当年风雪夜,孤雁辞长安。

冬　至

冬至寒极梅至香，至香雪噤言幽茫。
采菊桑麻东墙外，灰冷霜复囵囫殇。
阴极生阳阳跋扈，刍狗望蓝曝寒常。
廿四史乃廿四瓮，天公当学司马光。

注："司马光砸缸"在《宋史·司马光传》（由元末蒙古学者蔑里乞·脱脱主编）中记述如下："群儿戏于庭，一儿登瓮，足跌没水中，众皆弃去，光持石击瓮破之，水迸，儿得活。"

题王兄新婚纪念照

旧雨新婚喜，痴汉艳福多。
当年纳头拜，可知日耳漫？

注：漫，此处为"长"的意思。王兄留言："晚上在学校加班，回去迟了，要被拙荆揪耳朵。"上书房调侃他当年新婚晕了头，纳头便拜，却不知道"日后，耳朵要（被揪）长长"。

冬雪黄昏

越冬草心寒,逆势青眼残。
满屏皆帕瓦,夸父禺谷单。

注:帕瓦,即意大利男高音歌唱家帕瓦罗蒂,以唱《我的太阳》闻名于世。

寒 夜

寒夜漫长清梦残,残觉身疑客长安。
悠悠人物冷风雨,淡淡世情温心田。
自古英雄多蹇滞,从来赤子少欢颜。
坚冰万里封疆土,怒马千山踏海天。

人品第一

天地有浩气,诗自有别才。文采霓裳衣,恋才更迷玉。
浩气与别才,唯情亦唯智。如火焰化石,真爱善与美。

诗品第二

文明共野蛮,如夜伴日出。一任利害分善恶,十九在迷途。
天下苦秦久,不舍回头鹿。风流灰飞烟灭处,两河何处树!

咏梅花

雪覆梅花冰如肤,息寒吐幽魂欲疏。
纵有万紫千红过,垂青卿最耐寒孤。

新年元旦日遥寄胡波兄

帅哥已翁立寒园,令爱令阃倚湖边。
粉墙瘦水仙雾绕,夹道竹影乃翁安。
金钗临水娉婷望,竹海青青明月山。
万象更一元初始,静水流深胜波澜。

长安感霾

走马观花矜曲江,穿唐越汉谒君王。
有道何必求千古,无霾岂得夜辉煌?
霸陵原草绿复黄,马嵬坡土美娇娘。
羁客仰天低眉叹,骊山尤恐怒始皇。

题图诗

蓑衣碧透斑斓平,白雾凌波湿身形。
一篙五色空得破,三生散发此迷津。

大明湖秋

寒风拂柳秋波柔,朝阳扑面远城楼。
明珠犹荡雨荷杳,游至烟波深处愁。

为诗做人

灭欲令心枯,无诗使人俗。
薄情人味寡,乏义势必孤。

无 题

香江狼烟十五旬,东方之珠密乌云。
墙倒落井大势去,幸得建安风骨存。

狗尾草

春风转眼凉秋空,独自摇尾空腹中。
平生经商财总欠,向晚入梦梦亦匆。

故园秋色

潋滟天低眸,青山正剃头。
细睇田园美,知是赤子游。

注:1. 汉城湖的诗韵(我师兄的网名)点评此诗:"'青山正剃头'绝句,怎么想到的。这么粗犷奔放的句子可不是一般雅人能想到的!赞!"

2. 睇,斜着眼看。粤语中读音大致介于普通话拼音 tai(二声)和 tei(二声)之间。

题曲江池冬景

曲江秋色色空寒,池畔觅柳柳赧颜。
仕女穿凿人穿越,凡胎渡尽意渡艰。
自古兴衰朝堂事,寻常苦难市井烟。
梦里不知有汉室,一城皇气共流连。

同韵自和一首

鹏城冬日日光残,湾水连天天际蓝。
元朗青山空蒙尽,狼烟数月障眼前。
踌躇渔村进复退,意气香江尘遮颜。
梧桐跋前尤寇后,狮子山下夜应寒。

城　墙

长乐秦人喜大城,安定关中四方征。
永宁墙高瞰秦岭,安远渭川马嘶声。

题周师兄颐和园十七孔桥照

颐和园暮石桥登,昆明湖梳排窑争。
冯河暴虎江山逝,费尽心机几姓崩。
水淡一平静无风,天下三阳开泰升。
从来帝国梦威霸,夜夜御榻数寒更。

登客家土楼抒怀

客家土楼一桶箍,诸岭环绕群不孤。
天子翻烂廿四史,野人井居陪海枯。
高观青眼似非俗,近瞅黔驴炊烟粗。
馥馨楼上天公拜,无问东西人才出。

鹏城冬雨

鹏城冬雨望云霓,怒马鲜衣睨人希。

看看己亥难入海,凄凄庚子易旧衣?

杜鹃山茶艳冷梅,幽香幽篁魂自飞。
兜兜转转终落地,烟散深蓝天自威。

门前步行街

门前彩灯盛前朝,寒风不敌人如潮。
西安欲借长安醉,秦砖汉瓦领风骚。
卫青下马羊肉泡,庙堂风流数赵高。
黄粱牛人天际去,钟鼓楼上谁人敲。

大 寒

岁竟悲雪乱,屋寒喜团圆。
兄弟儿孙闹,姊妹璋瓦间。
东墙婆娑月,北房春晖暖。
俯仰伤赤子,潸然洗苍颜。

读俗人师兄《读〈破阵子·过年〉感怀》的感怀

风冷水寒老屋前,季冬黔醉话过年。
鬓雪喜迎心酸后,赤子风尘共流连。

逃 霾

三秦霾复来,四季人埋汰。
先失长安月,再任人剪裁。
欲归兄逃害,遥思醉心怀。
把酒西北望,沉沉眉不开。

读杰克师兄史诗《读史杂感》(一)杂感

春秋笔法换身残,此后真相野史湮。
欲彰始皇当年势,史翁三温酒茫然。

读杰克师兄《读史杂感》（一至四）随感

杰克师兄理工男，读史赋诗非等闲。
寰球视野逻辑缜，磅礴走韵势不单。
豪哂抱残与偏安，太息改朝凭野蛮！
东西互渐相竞走，心忧墙高蹇途艰。

南粤冬雨

炎夏燥秋并旱冬，渔村悬岛连天烘。
厉害不意年兽猛，庚子未到萨瑞凶。
半年盼雨痴情空，三世苍生苦熬中。
一夜风冷甘霖透，晨起雨收骂天公！

和宋师兄题图诗

踏雪履冰江湖间，谁言今年不疲倦。

他乡久居亦眷顾,远望桑梓吟诗难。

四海粗疏一刀砍,七窍年兽十分险。
不蒸馒头不放炮,口罩遮颜迎春天。

渭水抒怀

余幼好汝苍茫兮,
年既长而尤烈。
秦川田畴相连兮,
瓜果香飘麦浪。
秦岭黛青薄云兮,
渭水依依娇柔。
水澹澹兮日暮,
天苍苍兮鸟回。
软泥新印鸿爪兮,
独吾留恋而忘归。
恍恍乎凌波,
得吾先祖之音容。
淼淼兮超远,
不知此身之所之。
怅然兮仰天,
高楼林立兮路阔阔。
悯然兮俯地,

杳无麦田兮心荡荡。
昼兮夜兮，后稷封地。
世兮时兮，民命为天。
东方智叟干上曰：
"这世道好得跟馂一样！"
犹未能尽释吾怀。
乡愁兮炊烟，
袅然兮孤悬。
独徘徊故乡之河滩兮，
吾心恓惶而忧伤。

后记：故乡，家乡，是出生或长期居住过的地方。《荀子·礼论》："过故乡，则必徘徊焉，鸣号焉，踯躅焉，踟蹰焉，然后能去之也。"上书房以为，人在一个地方居住生活超过10年，这个地方就可以是他的故乡了。以此来看，上书房狭义故乡只有两个，一是关中杨陵，另一个就是南粤深圳。

没有人不热爱自己的故乡，只是有时候爱之深责之切而已。

故乡，绝非一个概念。故乡也是活生生有寿命的，也是会死的。总有一天再回到杨陵，上书房也必将恓惶如丧家之犬。很多终其一生未曾于心底升起过乡愁的人，真不会懂呢。

注：馂，陕西西府方言中读如"刷""啥"的意思。

无 题

人逢秋悲某怜冬,雪遇冰封梅幽空。
乌泱泱喧嚣尘世,孤单单晴空只鸿。

午夜春寒

江城上元夜风孤,墨染江面疑春无。
慈母三番婆娑泪,爱儿五次恍惚哭。
有司夜传训诫苦,心善吹哨结病毒。
冲冠威势今安在,可叹月圆后必枯。

如梦令·黔醉

万盏流觞黔醉,星汉迢迢至贵。
挥泪别长安,几度平生猛坠。难醉,难醉,越饮越觉滋味。

注:为冷师兄酿造的酱香名酒"黔醉"所作。

恭贺延春兄之尊甫八十大寿

凉风吹渭水，煦阳暖长安。
瑞霭华堂上，儿孙承膝前。
人生渺天地，方稚忽命知。
携子慰高堂，椿萱茂耄耋。
雍州古风挈，大河镇日流。
塬高沟深壑，天低板荡迁。
乃翁命蹇舛，如玉瘠蓝田。
高诚刚纯善，朴明勤清温。
自强持厚德，自力蔬食甘。
历劫竟浩荡，安宁从容行。
灼灼桃花喜，振振麟趾欢。
家睦子贤孝，忧尽福寿添。
一生育桃李，九世依清溪。
子孙性宁静，学生心志远。
淡泊为坦荡，身教并言传。
古道且坚韧，容物以春风。
遥思一面缘，二十八年前。
今照瞻如昔，乡音萦耳边。
延春敝年兄，同窗交契深。
晚生祝老父，松茂竹苞福。

寻春未得

凶年疫危恐,驾言以泄忧。
街静人孤影,树绿花空枝。
野云岫郁谷,闲牛适禾雉。
寻春春寂寂,怅然添新愁。

五言赠胡老大踏秋田园

山远云暖碟,荷近雨新停。
风行水中影,草绿虫低鸣。
踏秋凉欲透,轻寒渐田园。
鸡毛天下事,兄且舒苍颜!

赠陈师兄

粤地海风暖碧深,鹏城踏青花袭人。
未知寻常此境里,擦肩几度兄真身。

赠寒鸦

清风明月听幽兰,白眼寒鸦瞅炊烟。
红尘去留是非尽,奈何桥短摆渡难。

无 题

才闻颐和园风嘶,又见水色数花枝。
帝都寒极心思暖,香自落寞鸟空啼。

赠寒鸦
——防老年痴呆训练科目

文字是虚妄,勒石如烟;
文字是刀斧,不毛之地;
文字是茅草,荣枯有时;
文字是时序,生生不息;

文字是枪炮，心藏火药；
文字是毒药，什么玩意？
文字是玩意，自摸自嗨；
文字是乐子，潮人虚脱；
文字是虚无，子虚乌有；
文字是灵山，灵犀一点；
文字本生命，无中生有。

探 春

探春不觉春已深，姹紫嫣红寂寞真。
鸟语花香人自禁，东风空负艳阳沉。

庚子三月初七题图横滨自肃期间雪中樱花

近堤三春草，雪寒一树樱。
寂寞澹澹去，镇日惴惴情。
昔此花树下，芳好日正晴。
来去香依旧，寥落几孤星。

古　棠

古棠嶙峋，肤润如玉；昂首碧空，新绿逡巡。
岁月苍黔，亦先逢春；譬如舟子，野鹤闲云。

古棠俊俏，繁花似锦；气吐梅兰，袅娜魂销。
俯仰荣枯，粲然芳瑶；譬如处子，娴静矜骄。

古棠参天，枝叶葳蕤；荫翳疏落，秋实霜甘。
波折辛劳，始复归返；譬如朝露，天地尊严。

西江月·读瑞雅师妹携家人春游北海词

骀荡东风去疫，晴空嫩挂丝绦。幽居两月探春朝，皓影风柔人寥。　　索性寻踪往日，逢鸭料峭梳毛。云行水软扰花娇，口罩难遮朗曜。

注：扰花娇，倒映在水里的春花闲散适意，受到涟漪中流动的云影袭扰而颤动，更显娇艳动人。以动写静，得其幽静。呼应上阕"人寥"，因疫情影响游园的人还是很少。

和张师兄《大雁塔》

春雷惊霾自辉煌,雁塔入市佛风光。
登临曲江灞桥柳,柳色如烟陌上荒。
千年王气八百里,万古苇舟两岸苍。
兴衰历尽波劫再,影去声残渭水长。

题马老进校园访医看手指所拍

幽居长安久,大城色日新。
逢鸟花间语,故园何寂空?
疫战愁三月,凯旋翁亦忧。
八街空九巷,书空指已伤。

注:1. 幽居,独居,指此次疫情以来宅家已久。
2. 色,春色。春色一天比一天好。
3. 鸟语,跟鸟说话,唠嗑。极言校园人希。
4. 书空,用手指凭空书写划字。典出晋人殷浩,意思是忧郁惆怅无法释怀,用手指在空中书写,以排遣。

清明红雨

落英穷红途,清明葬魂初。
风光成泥日,零落悲胜枯。
盛衰犹草木,浮游如朝露。
禽兽越藩篱,阴阳岂无辜?

难　眠

难眠梦复觉,四更诗白头。
身是蝼蚁命,心怀苍生忧。
一世尽坎坷,三生隔世愁。
最怯论成败,名利是身仇。

卜算子·庚子清明

萋萋鹦鹉洲,寂寂莺低舞。去岁春郊笑尚聆,旧雨新坟土。
累世何悲苦,尘落亲难哭,蒙幸低头紫禁城,旗半愁前路。

清 明

其一

清明花覆尘,鼠首愁复愁。
雪归心尤痛,逝者已自由。
夏虫惑冰语,阴阳隔春秋。
清欢莫自喜,湿魂雨中稠。

其二

秦川愁惨尽,日月千里孤。
卅年一梦醒,百世三生回。
悲欣随风久,音容夜惊心。
心沐三春晖,草徒一荣枯。

庚子三月十六日母校校庆

故园三春花空秾,新雨九霄忆旧游。
万水千山智识在,芳年华月疏离愁。

一世坎坷踏绿浪,百年风霜衰白头。
西迁正途沧桑尽,南下无悔赤子忧。

五十自题

知命逢春春欲归,逆光看鸟鸟西陨。
落红漫天枝默默,斜日独照柳垂垂。
时时豪矜老坟鬼,处处媪借新尸追。
身无蓑衣不稼穑,梦有进退凭风吹。

注:媪是古代中国传说中神兽之一,似羊非羊,似猪非猪。在地下食死人脑,能人言。用柏枝插其头方可杀之。这就是民间土葬坟头插柏树枝的由来。《搜神记》《晋太康地志》均有记载。

季春雪

季春雪夜兽疯嘶,平旦寒气透心凄。
孤客疑此非瑞兆,病瘟恐是天忧戚。

注:1. 庚子年三月二十八夜黑龙江牡丹江市狂风暴雪,作

此诗以记之。

2. 平旦：五更、五鼓、戊夜、3—5点。

无 题

未名湖畔看落花，兴庆引蛟顶呱呱。
宠罢网红争打卡，或恐梁上君子扒。
旷世无双一簧门，俗笑趋步九牛拉。
可怜巴黎衣敀首，击壤唱罢难吃瓜。

注：俗笑，语出"贫宁贻俗笑，死不受人怜"（宋·吴芾《和鲍昌朝韵》）。

山 竹

山竹飓飙，来势太凶。
岭南诸市，如临大敌。
深城大郭，风声鹤唳。
万人超市，货架欲空。
汪洋小菲，撕碎泡汤。
港珠澳桥，翌日验收。

红色预警,暴雨狂风。
闭户关窗,听风看雨。

注:翌日,yì rì,明日,次日,第二天。

清秋梧桐山登顶五言咏怀

题记:秋高气爽,当驾言以泄吾忧;尚能饭否?借登高以骋我怀。梧桐村口登山门,入门暴走90分钟到达好汉坡。好汉坡100米,660个台阶,75度陡坡顶往上800米再翻三个山头,就是梧桐顶,海拔700米。

葳蕤梧桐山,鹏城第一巅。
上有好汉坡,踏平复三关。
昔值年生猛,五彪溯溪潭。
野猪嚎林密,长啸薄云天。
今上好汉坡,鬓湿股战战。
不堪几欲废,登顶梦竟圆。
天地倚风立,极目山海观。
更听君一曲,怆然意阑珊。

山 花

山花四月寂寞开,素面三枝朝蓝海。
峻岭回环幽涧草,江河入海逆流霾。
亘古寡沾东皇气,王土开山西风来。
疫罢仰望鹰矢去,毫后跋前鹿徘徊?

汉月秦风

汉月秦风沐皇城,雄关自拥好远征。
可怜长安八水泪,朝暮冤血九泉坑。
黄土活命亦埋没,落尘岂容贵贱垺?
虚龙玄凤真雁塔,死虎次第误苍生!

月淡云低

月淡云低压银龙,风清海碧渡帆茕。

卅载河东河西笑,一朝浪前浪后空。
江山易改海难平,草木招摇鹰自雄。
谁曾春风八万里,疫闭霾锁眼蒙眬。

登大南山遇雨

翠薇鹿回头,海静云似愁。
揖雨长寿亭,栉风导航台。
山行空寂寂,林隐雾蒙蒙。
鸟羁天涯路,白发负扁舟。

麦 黄

芒种望杏熟,关中翻金浪。
白杨掩红瓦,算黄算割忙。
教稼分五谷,饥岁赈四方。
丰年秦人喜,咥面吼秦腔。

注:咥,dié,咬的意思。陕西方言用作"吃""放开吃",有"大快朵颐"的意思。

槐花思亲

秦川五月长,麦浪槐花忙。
白玉摇翡翠,月影婆娑馨。
折枝撸麦饭,出锅满村香。
花醉思故里,萱草道天凉。

注:麦饭,一种菜肴。具体做法是把洋槐花撸下来,趁新鲜拌上面粉、撒上盐,下锅蒸熟即可。

浣溪沙·夜雨夹雹树泣风

夜雨夹雹树泣风,瓜蔬满地乱泥横。愁观鲫鲤蹦田园。 落寞心随流水去,凄然苦伴暮云归。钟鼎了了漠秋悲!

玫 瑰

一夜玫瑰尽铿锵,卅年碧血皆玉殇。
心不自由身先舍,舍命成仁义气长。
雄鹰何惧雨凄苦,赤子岂忧灰孤凉。
大河断流鸟飞尽,故园荒芜人迷茫。

楼兰少女

楼兰红衫蛾眉飞,明眸郁郁惹人醉。
流沙尽释时光苦,风月独接孤魂归。

读绍令兄新词《一剪梅·半世一见》

卅年旧雨,千里新欢。
欢言无忌,梦入长安。
安来抚去,芳华秋霜。
霜鬓悦众,自悦几人?

妃子笑

巍峨御园更漏深,霓裳妃子笑含嗔。
落红褪纱雪肌润,唇齿香糯甜溢奔。

禅　境

新村旧尘囚,冷雨热泪流。
春深夏浅梦,落叶起还休。

孤　云

孤云舍命逐流年,露水看看凝复干。
日落西山水火势,华灯初上东西言。
身前渴望决绝意,错失多少把酒欢。
好大喜功尘自性,终堕梦幻泡影间。

端阳醉酒

百舸离弦气九天,端阳竞渡又一年。
糯米粽香汨罗鬼,香草怀忧美人怨。
凭谁千年魂不死,枉顾万古民无言。
愁卧上书房独饮,梦听下河东孤眠。

屈子当问未问

屈子冤似海,汨罗怨如山。
诚忧民苦楚,何不效巨君?
历代忠臣众,明君何寥落!
恨天君臣水,绵绵八万年?

无 题

鼠首寰宇闹,疫各式微病?

院内积水深,墙外毒火熬。
天下本太平,祸灾由心造。
愿沐清秋气,人月共良宵。

立 春

立春日迟迟,华夏疫汹汹。
病从今日去,春自今夜回。

莲

风过碧波柔,叶铺了无愁。
菡萏清香溢,袅娜影娉婷。
追慕君旷逸,高洁不沾忧。
盛时静幽远,塘枯明月楼。

忘不了

一池新荷半塘枯,隔岸黯然影似无。
水面诗行东入海,王孙梦不饮屠苏?

桥

白云苍狗青山迎,火猛浪急银桥轻。
血脉曾经通沧海,缠绵过后大寒冰。
过客千年好风景,尘埃万古任飘零。
锦绣江山终一统,神州百业任愤兴。

川上消暑

趁能闲情共暑荫,清凉聊慰浮生心。
昔我寻常如斯逝,看看蝉残霜满襟。
赤鸟中天赞不亏,成王败寇圣名垂。
谁言庄严微尘固,月冷坟孤风自吹。

赠曲师兄《回忆四题》

天地恩重自不言,思报春晖草枯寒。
夜深独望不更事,最是芳华心茫然。
时光流转曲折难,千山飞越鸣百川。
廿四年前送行者,背影模糊瓜尤甜。

无 题

怡吾色兮一天下,悦耳目兮盛世花。
奈何滔滔身前水,左右茫茫无际崖。

题南昆山九重远眺观景亭

沸海巨浪埋百舸,一夫鲜衣笑山阿。
千年大欲渴难止,万古勒石沙铄戈。
九重远眺心似铁,五迷深林暗坎坷。

凭谁沧海不一粟,纸上意气风中歌。

注:1. 沸海,指南海,一说乱世。
2. 勒石,刻石表功。
3. 笑山阿,为大山所耻笑。

忘忧谷

翠溪忘忧谷,白浪逐劲流。
鸟啼山林寂,云入幽潭空。
暑消凉风起,神清信步游。
疫忧共烽火,爪哇复九霄。

立 秋

薄秋晓觉禾肚里,夜雨星稀翠峰依。
雾低鸟鸣孤鹭影,蕉绿荷萎稻泥稀。
日出光景暗流转,神静气清人忘机。
世外回望霾重处,流云半天语清溪。

注:禾肚里,稻田民宿,位于广东省梅州市大埔县西河镇漳北村。

海高斯

狂飙海高斯,奔袭大湾区。
乌云惊群城,暴雨迷海天。
千年浮华蔽,百丈楼自危。
夜茶读诗醉,梦饮踏月归。

旧　雨

旧雨新梦续旧游,秋风寒渭添秋愁。
故园所爱东逝水,老友把酒意难酬。

画堂春·同心同意共舟行

同心同意共舟行,沙洲阻断柔情。渐行幽远渐无书,春随落樱。　　鸿雁空足起落,海涛夜静波平。卅年雪域岭南行。竟只刷屏。

登 山

心跳怦怦老牛喘，股战巍巍农夫汗。
登临太平洋上飒，浴光沐风鹰低天。

秋日登三门岛

秋海语山云自闲，枕波孤岛浪中眠。
人生落寞宜自醉，浪打风吹莫攀缘。
天空海阔秋深恋，意邃心平茶似淡。
从来多少凌云志，起落难酬风满滩。

注：攀缘，指心随外境而转移，纷驰不息。

与同窗雷君书

　　雷兄立辉，见字如面。前夜梦游富平，得晤汝、延春并胡大三人。缘吾停车富平街边，胡大前，某随后。走去复爬山，

山巅汝携延春。视角如下:

> 昨晚一梦,君在其间。
> 停车富平,县城街边。
> 往行景观,崎岖迤逦。
> 山若赤焰,层层叠叠。
> 攀岩走壁,向上至巅。
> 至巅方见,富平立辉。
> 延春相伴,立于树边。
> 俯视凡尘,气象万千!
> 心思暗沉,帝王气象?
> 转而备考,冷汗连连。
> 四六级考,图书馆功。
> 知其不可,勉为其难。
> 恍惚之间,觉然神回。
> 思忖良久,念诸君耳。
> 寻笔开机,录上书房。
> 想君心下,亦戚戚焉!

题财大游泳馆新张

财大贵妃游泳愁,气粗皇御蓬莱头。
贩夫穿唐走卒汉,半城书生半宦游。
诸侯四海梦悠悠,大明宫秋春魇稠。
盛世难敌东施瞅,长河几欲不东流。

白　露

大漠牛喘烟，南国正暑炎。
宇宙日寥廓，西东渐乖舛。
今起金秋爽，橄榄枝蔽岸。
奈何鲲鹏去，蜩凄鸠自寒。

无　题

三更觉迷意秋凉，四海何处心遽茫。
今古碧桃花树下，汉风秦月黑婆娘。
千年流觞御宴在，万世不老人机狂。
量子因特暗物质，群艳宠争效忠忙。

赠寒鸦

一点甘霖泽草花，寒鸦桃李满天下。

莫愁劳碌卿空负,竹瘦兰幽梅自斜。

注:一点寒鸦,上书房中学同学,现任职西安某高校现代文学教授。

九月登高

独步秋风登草黄,春光杳杳雪夜长。
天南地北寻常种,归去来兮鲫过江。

读杨师兄《早秋之夜》而作

重洋渺情沉,恩亲去竟妄。
怅然扶摇飒,寄游河汉间。
广汉释吾意,迢迢畅吾怀。
俯仰实一瞬,真情沐三光。

金秋赠西迁人马老先生

乐游原秋升平风,青龙火旺寂鼓更。
曲江尘深秦山黛,雁塔日暮渭水横。
晚晴决非雄寥廓,楼宇势碾汉唐腾。
平生义气家国志,信步夕阳铁骨铮。

和冉师兄《秋雨秋叶》

秋雨寒叶入江湖,夜羁渔阳忧鸿鹄。
南来尺素传佳讯,乖舛雪后料尽无。

庚子残秋

日暮秋落枯林甸,清明哑言夜市喧。
路尽嘶啸泣老骥,披霜雁行声凄然。
砥柱巨澜悲智壮,回眸尘海奈何天。
动物农场昼复夜,清点孤星待前缘。

望月怀远

霾城望月月辉煌,峻岭潜夜夜苍茫。
清辉透碧霜未落,落红欲沐雪残凉。
晓行莫忧独迹浅,中天圆罢复彷徨。
他日共饮河汉水,与君把盏喜欲狂。

相思明月楼

渭水瘦寒秋,清辉凉九州。
大唐长安梦,相思明月楼。
雁塔钟鼓震,远芳翠华游。
朝露生灭去,岂留荣枯愁。

上书房译诗《诗经·邶风·静女》

温柔娴静的好姑娘,

定好时间在城角等我。
来了，却躲了起来，
看不到她的倩影，
着急的我抓耳挠腮，
来来回回瞎走。

手里这把茅草甜根茎，
是上次见面她送的。
裹着红皮，泛着亮光，
不由想起她的美好，
窈窕美丽，气息迷人，
心里焦虑又甜蜜。

刚刚她自远郊归来，
带给我茅草柔软的根茎，
鲜嫩多汁又甘甜，
确实与众不同。
不是这荑草长得有多好，
只是心上人所赠。

注：邶：周代诸侯国之一周武王封殷纣王之子武庚于此，约相当于今河南省淇县以北，汤阴县东南一带地方。

附：

诗经·邶风·静女

静女其姝，俟我于城隅。爱而不见，搔首踟蹰。
静女其娈，贻我彤管。彤管有炜，说怿女美。

自牧归荑,洵美且异。匪女之为美,美人之贻。

上书房诗话:古今诗家读此《静女》,皆未解其诗中时间维度一日三秋之况味,源于忽略了"荑"这种植物的特性。结合小时候北方农村的生活经验,荑草,就是野生俗称的"甜蜜蜜",根茎洁白肉嫩,甘甜多汁,采下后隔日便会干枯。结合诗中情景,这才分开多大一会儿工夫啊,又着急要见面!

上书房译诗《诗经·齐风·甫田》

不见人出工的诸侯公田
满目撂荒,杂草丛生
多像我荒芜的心田上疯长的思念
华而不实,徒然令人神伤黯然

出工不出力的王室大田
稗草茂盛,庄稼稀疏
多像我荒芜的心田上疯长的思念
大梦无痕,白费心神寝食不安

回想两小青梅,如私田的禾苗
发乌苗青,天真烂漫
一片新绿啊这才几天工夫没有见
转眼你加冠成年,眼神荒凉像大田

附：

甫　田

无田甫田，维莠骄骄。无思远人，劳心忉忉。
无田甫田，维莠桀桀。无思远人，劳心怛怛！
婉兮娈兮，总角丱兮。未几见兮，突而弁兮。

上书房诗话：这是一首少女怀春思念少年的情诗。写作背景是在西周齐地阡陌纵横的井田之上，通过描写主人公眼前封邑贵族荒芜大田起兴，抒发对远方良人的思念之情。历代注疏，都觉着第三节突兀，似与前面两节茫然无涉。其实，第三节从回想儿童时期总角青梅，到少男少女的突变前后的对比，进一步深化出一种由两小无猜到若即若离的恋慕之情。值得注意的是，因为前面两节起兴于甫田（大田，公田），使得第三节整体带有暗喻色彩，即用两人在青少年时期的天真烂漫、感情纯甄、亲昵无邪，暗喻长势良好的私田庄稼勃勃生机。毕竟，自由是爱情的基本前提嘛！

寒　露

南岭夜黑秋月凉，北国霜白雾迷茫。
伊人秋水恨恨意，道阻霾锁迢迢伤。
出海经年终是渴，巫山卅载未嫁娘。
此去大雪封山后，冰释立春莫苍黄。

秋 思

其一

彼岸山火此寒秋,盈盈逝者语未休。
可怜劳燕分飞后,碧海朗空云悠悠。

其二

霜凋风卷枯叶黄,月落曲残暮江寒。
秋蝉不知命日至,一噪未竟堕大荒。

注:命日,指祭日。

题马老先生秋菊图

万紫千红过,人闲秋圃香。
金菊心最许,傲霜灿远方。

题瑞雅师妹怀来秋游图

金风入碧霄,纤云枫影摇。
寥落花无意,春意人自娇。

题昌平杰克师兄"府墙霜叶图"

排柳碧丝垂御露,苦藤霜叶越灰砖。
壁厚超颜遐败迩,墙危自量莫须翻。
宫冷莫觅哀行止,太行得寻枫仰瞻。
掩扉一流自诩易,边垣九悔从前难。

注:1. 莫须:也许,或许。
2. 仰:通"昂"。高。

和寒鸦喜晤师友同人

泾渭渡西风，霜叶满长安。
寒鸦幸旧雨，欢饮复燕燕。
人生飘零久，岁月忽已老。
苍颜意气在，去去心生悲。
机票掖在身，塬柳如暮烟。
挥手君莫顾，乌鹊伴君飞。

霜降梦游汨罗江吊屈子

霜降自分汨罗江，魄游纸马多恓惶。
天地绝处接生境，奈何故亲苦幻殇。
向使歧途儒弃弱，式微醉归道无妨。
殒身鬻名明浩志，斯水寡薄千秋凉。

注：汨罗江，战国时期楚国诗人、政治家屈原自绝所投之江。两千年来，中国文人不论在哪儿自溺，都会在心里想自己投的是汨罗江。其实，谁的饭谁吃，谁的锅谁背。知识分子以死明志这种不智的行为，如果不是别有用心，在一个文明社会里是不应该被颂扬和鼓励的……

甲午十月初六悼念母亲

卅年清梦觅无痕,沧海月冷鬓霜悲。
故里亲亲恩犹在,来去千里泪先流。

悼念祖母

时空足以说无常,阿嬷旧照终觉亲。
故乡明月三千里,明耀慧眼九分慈。

重阳大南山下思乡

南山虽大非终南,北望久吹竟泫然。
今夜趁酒魂伴月,翌晨随霜客心寒。
亲故落落心淡淡,去来别恨满乡关。
抬眼乡愁无限路,暮云恋恋泪如烟。

秋日题寒鸦

霜溪激鸣乱云旁,路远探觅鹰隼乡。
终南五彩心璀璨,似玉清流赶滩羊。

长安冬夜抒怀
——对这样一座城,说爱是懵懂,说恨是寡薄……

长安朔风黑,岸吹谁枯悲?
瑟瑟寒冰冽,沉沉墓气横。
千年古城月,万世谯楼空。
夙夜大梦里,桃源浑不知。
未央宫云颂,渭水滨群歌。
如鲫达人意,风乎曲江池。
白屋灯万点,苍生谋一羹。
不见卖炭翁,窃喜终南峪?

注:1. 谯楼,城墙上御敌的城楼。
2. 白屋,指不施彩色、露出本材的房屋,古代平民寒士所居。《逢雪宿芙蓉山主人》(唐)刘长卿"日暮苍山远,天寒

白屋贫"。

3. 风乎，风乎舞雩。典出《论语》先进篇第二十六。"浴乎沂，风乎舞雩，咏而归。"各言其志，不过尔尔！

自　嘲

潮起文心误歧途，经世济民向海谋。
无缘关公洋上渴，向晚沧浪煮茶蔬。

尘世爱接力

寒阳步岸柳，天地尽鎏金。
气凛冰还冽，河咽水流暗。
雪橇越光影，笑语当空欢。
垂髫大山倚，须臾或随风。
尘世爱接力，童年皆神仙。
年轮湿硬冷，木心暖柔干。
忧戚独向隅，椿萱久失散。
一腔春晖在，更向寸草间。

庚子初冬海湾杂赋

海风飕飕兮云寒,予心渺渺兮彷徨。
湾浅窄兮寂寥,流浮山兮吞吐。
浪卷海流兮苍茫,珠暗泥沙兮浑黄。
悲回风兮摧桂,哀溯游兮蹇滞。
芳兰闭于深谷兮,金菊凋落于残秋。
幽梅困兮寒夜,美人蹙兮香江。

蝉噪并蛙鸣兮,暮气垂朔风以呜呜;
坚冰覆深雪兮,望暄煦杳杳而怃然。

路迢迢望西兮行东,
思逾墙以揽盛兮,目惨惨以疫殇。
溺回旋跂前兮躉后,
梳繁霜以镜窥兮,独郁郁以神伤。

或曰:科技时代也,盛世岂惧兮疫戎?
等闲乎蛮夷,莫变乎晦明。
胡不蹈沧浪之水兮濯吾足与缨?
人不知我者谓我何求。
心所忧戚者,浩浩兮汤汤,轮回三千兮无亡;
暴下而不止兮,愁来日之苦长。

时光悠悠兮,痛垂髫之旧伤。
沧海桑田兮,骤刹车而锐鸣。
低回兮暗吟,茫不知之所往。
昼夜兮奔流,料明日而难挡。
山林寂寂兮,闻旧岸之巨涛。
冬夜漫漫兮,忽泪目而惆怅。

乱曰:已矣哉!
或笑余木痴兮,何逆势而睥睨汉唐之故都?
达人恬然洋洋以肥袭兮,哀布衣之多艰。茕茕孑立,吾将之天府谒子美之旧居!
但幸三光兮海上,尽容予心以诗章,聊寄仆情以酒觞。

注:1. 流浮山,位于香港新界元朗区的西面,隔深圳后海湾与蛇口半岛相望。

2. 暴下,腹泻。唐韩愈《病中赠张十八》诗:"中虚得暴下,避冷卧北窗。"

3. 珠,明珠。

4. 子美,唐朝诗人杜甫,字子美。杜甫草堂,为杜甫晚年流寓成都之所。

鹅

寒塘静鹅游,二灰打破头。
争雄白羲爱,是鸟不自由。

神游终南山

终南自横亘,岁月分两边。
西岳惊神鬼,太白六月寒。
长飙平坎坷,陈雪冽群巅。
奇峰夜孤立,登临出世间。
万年柏肃穆,千世瀑流岚。
山深人心朴,峪稠涧水甘。
润沃八百里,今已乏良田。
神游夜梦醒,焉得归田园!

步韵和梁师兄《大雪话江南》

大雪朔气掣寒枝,江南甘霖应有时。
三光俱冷孟冬谢,四海征夫疫不怡。
晨菊霜残梅似酒,岁竟彻夜检旧诗。
隔江把盏君莫去,醉解闲愁共春期。

青 鸟

青鸟翠啭夜曦间,彩蝶翩翩霜草边。
朔风残阳圆非月,彤雾大雪疫尚寒。
休道孟冬闲愁苦,众生悲喜莫问天。
人生从来难自在,自在把盏自清欢。

公祭日别绪

华夏水悠悠,祭日寒苦多。

圣坛泪目倦,拜已或山阿。
倭恨可传世,萧墙祸轻豁。
桥山金石密,干戈信裁夺。

冬日望寒鸦伺兰候雪

寒鸦新巢凤凰岭,教授古寺只鹤影。
彤云闲卧虚室暖,气硬雪来谒兰青。

冬至寒夜悲思

亚岁夜泊寒月疏,浮萍风冽冷星孤。
晨起雪野觅新冢,祭文冬服谁送哭?
金轮今履回头路,冻者假衣数九初。
意狷疫气酿劫运,生灭周行薄无辜。

赠周公

洗马夜接迎,稀客从北来。
尘冥诗如雪,苍茫过南边。
涛寒雁声落,浪欢深圳湾。
哥心莫悒悒,水酒足暖身。

注:1.洗马,古代官名,即太子洗马。秦始置。汉时亦作"先马"。秦汉时为太子的侍从官,出行时为前导,故名。
2.稀客,不常来的客人,这里指尊贵的来宾。

新年贺词

新年第一天,牛鼠交接班。
疫霾岁竟去,牛气渐冲天。
国泰民兴旺,亲友俱欢颜。
诗社瑞霭溢,群众吉祥安。

赞华山松

雪顶了无少年愁,云游天下情志酬。
羽坛老骥诗泰斗,单杠翻身健如轴。
爱慕鸳鸯蝴蝶派,仙踪雪峰映月走。
怯问华山松云外,真身还要露几手?

庚子一九海湾黄昏

暮云苍苍,寒风扬扬。
桥孤湾寂,疫毒耽殇。

岁杪关禁,霾锁千港。
何处击水,飞舟遏浪?

九州喏喏,三峡汤汤。
草木迷惘,前路不彰。

沧浪寒凛,滩头独伤。
深蓝却步,桥山惆怅!

读张莉师姐摄影作品

明月旷旷,沧海横荒。
烟云散尽,周秦汉唐。
东非雪域,南美风光。
西方人文,朔雪迷茫。
莉姐心迹,逐美摄芳。
悠悠天地,今夜月光!

梦游大兴善寺遇蜡梅

兴善寺钟踏雪风,翠竹幽径通迷蒙。
寒鸟飞集何年树,老僧坐断魏晋更?
取次众佛无却步,观音莲下至真诚。
猛瞿暗香夺魄去,追命欣遇蜡梅横。

注:取次,亦作"取此",随便,任意。唐元稹《离思》:"取次花丛懒回顾,半缘修道半缘君。"

闻帝都大风降温零下二十度

一夜冽风袭帝都,四郭零下二十度。
晨起欲遣烈酒御,举杯冰封金波孤。
临窗暗暗朔雪意,仰首眈眈毒添荼。
落落冬树抱清影,寥寥泰宇崇贵足。

注:金波,酒名,亦泛指酒。(明)王九思《驻马听·四时行乐》套曲:"满饮金波,琵琶一曲把闲愁弹破。"

春 愁

二月南山巅,雾霭凉秋烟。
木静风寂寂,湾平水澹澹。
鹰遁暮云乱,雁别暗海天。
春愁芫入夜,昏星聊自安。

登顶梧桐山

梧桐山顶好汉餐,一汤一饭惜华年。
五毒坎坷酸甜苦,归心断舍冇悔憾。

注:冇,没有,"有"的反义词。

情人节

结尽同心缔尽缘,此生虽短意缠绵。
与卿再世相逢日,玉树临风一少年。
此情可待忆前世,只是再生已荡然。
孟婆汤煮三生石,缘起缘落苦也甜。
众生行路不轻松,向死而生知惜勇。
亲疏远近名财色,缘起幻灭终必终。

腊八杂感

腊八逢大寒,煮粥怜心暖。
所爱颇不意,情切思古原。
黑风通宵雪,红炉竟夜燃。
晨起野莽莽,童自饥年欢。
庚子疫忧甚,亦为人椿萱。
纷繁一雪覆,涣然他春山。
人生如霜叶,落落空枝干。
亲友莫相问,冰心明月边。

和冉兄《虎跳峡怀旧》

昔闻虎跳峡,怯登华山巅。
今睹少年勇,豪气干霄汉。
金沙荡雄襟,勇士越狂澜。
人生江河逝,啸落风满滩!

庚子除夕

朔雪烟雨岁竟酣,人间寂清天街闲。
川流万里乡关路,总把一腔御尘寒。
红炉气热万户笑,水酒席凉三更年。
疫罢言懒桑麻事,牛来鼠歇口欲烦。

春　雨

一夜春雨涤梦愁,晓闻子规任湿头。
茫茫海天共素裳,澹澹神女凌波游。
南国苍山深深树,北域漏断寂寂楼。
疫消寒尽春潮涌,帝力奈何蚱蜢舟。

后记:庚子岁杪,凶年将竟。忽一夜春雨,痛解南粤一冬干寒。晨起,冷风吹微雨,热心御春寒。上书房欣欣然漫步海边,觅寻春迹。作七律《春雨》记之。至晚,雨收云散,方知拜火箭炮所赐,乃人工降雨也。好吧,毕竟是已经立在春天的地盘了……

幽兰出寒谷

幽兰出寒谷,入市自非俗。
碧芳润斗室,清馨沁风骨。
香祖唯静默,喧寂俱心安。
遐伴一君子,迩处两爽然。

注:香祖,兰花别名。宋代陶谷《清异录·草》:"兰虽吐一花,室中亦馥郁袭人,弥旬不歇,故江南人以兰为香祖。"清代赵翼《梅花》:"众芳皆后真香祖,同调无多只水仙。"

上书房跟帖赠诗马老《唐村观梅拍摄短视频》

野旷苍岭横,春晴梅坞新。
旭日破残雪,唐村探癯仙。
孤寒苦长夜,暗香倩影疏。
负暄踏青至,清友堪互瞻。

注:1.癯仙,隐居山泽的术士。宋代苏轼《余与李廌方叔相知久矣,领贡举事,而李不得第,愧甚,作诗送之》:"归

家但草凌云赋，我相夫子非癯仙。"

2. 清友，磬的雅称，为山房十友之一，明代藏书家顾元庆（1487—1565）对玉磬起的一个雅号。《十友图赞》："端友，石屏；陶友，古陶器；谈友，玉麈；梦友，湘竹榻；狎友，鹭瓢；直友，铁如意；节友，紫箫；老友，方竹杖；清友，玉磬；默友，银潢砚。"

辛丑正月初一题大鹏所城

海吐春浪大鹏翔，心藏爆竹城垛响。
情仇爱恨入淼淼，万类千年皆茫茫。
向使熄却销金执，黎民具瞻亦大王。
一心帝业海防事，百里烟尘苍复黄。

西安好梦

盛唐不夜一万年，笙管美人胜从前。
魂兮秦皇魄汉武，绿女广袖迷红男。
大梦沉沉凭饥醒，唐宫古巷老碗面。
圪蹴雾哒嗨梦呓，四海鱼鳖与鼋鼍。

注：圪蹴，gē jiù，陕西方言，意为蹲、蹲着。雾哒，wù dā，陕西方言，意为那儿、那里。

春 山

春山日迟迟，人郁花痴痴。
行醉瑶芳雨，新绿炫冬枝。
大梦心如寄，云销天海霁。
他日桑麻酒，香江夜复昳。

注：昳，yì，昳丽、美丽。

春日赠马老

午后艳阳碎软风，屋前花友浓香生。
灼灼碧桃花枝下，紫玉兰馥气象更。

春日赠兰君

尘世逢君寒正浓,善缘悯切鬻兰兄。
薄望蕙草惊清梦,不觉幽香月墙东。
南国冬暖花街满,九畹夏凉意境空。
纷纷群媚望青宠,落落夜听风过松。

注:1. 薄望,即厚施薄望,施舍接济别人的很多,但并不希求人家知恩报答。语出《史记·游侠列传》:"及解年长,更折节为俭,以德报怨,厚施而薄望。"

2. 九畹,兰花雅称。语出《楚辞·离骚》:"余既滋兰之九畹兮,又树蕙之百亩。"

3. 青宠,即青睐。青,青白眼。眼球青黑色,其旁白色。喻对人重视为青眼,对人轻视为白眼。出自《晋书·阮籍传》:"籍又能为青白眼,见礼俗之士,以白眼对之。及嵇喜来吊,籍作白眼,喜不怿而去;喜弟康闻之,乃赍酒挟琴造焉,籍大悦,乃见青眼。"

4. 落落,指的是零落,形容孤独、不遇合。语出左思《咏史》:"落落穷巷士,抱影守空庐。"

5. 风过松,出自宋代卢襄《游南岩山》:"风过松杉犹蕴藉,雪消岩壑更精神。"

赠涛哥

大都春梦短,海棠尤恋恋。
雨花石弥久,莫愁湖蓝蓝。

偶 感

玉碎更黑夜,花落旷难期。
蝇营且狗苟,回望犹梦中。
疫遽神州起,好日行或希。
谁识今朝苦,河东复河西。

五月十三日晨起风雨大作

半岛悬晓荒,鬈发消暑凉。
呜呜乱树杪,云暗雨慌张。
电光破天幕,殷雷敲江洋。
心惊天下事,疫短乾坤长!

立 秋

海旷云霭磋,山空鸟啁啾。
风凉中伏树,气清立秋花。

梦惊四海寂,觉阙一帆孤。
老足跋复霪,怆然双泪干。

天狂洪魔纵,地傲毒疫宣。
环宇失宁靖,邦国忧祸殃。

时揣后来者,或恐詈语繁。
立此清平愿,秋送岐黄丹。

读寒鸦《瘦西湖记》读出了恨意

入秋月似水,花谢枝恨空。
美人江山后,孤日怅然归。

答王兄

千载暗夜囚黔首,百年清风笑书生。
苍生何曾昂首啸?空枝所恨岂天翁。

南昆山三首

其一

久困尘市里,秋梦南昆巅。
妻子思山水,吾亦恋旧林。
驾言云默默,田畴牛悠悠。
鸡毛世间事,渔樵展苍颜。

其二

雨飞情人泪,风追阴晴魂。
竹海沐俗气,清溪濯尘凡。
雾霭洗惊肺[1],热汤[2]疗郁羁[3]。
鸟鸣伴飞瀑,鸭鹅鸡犬闲。

其三

九重荡胸境,六道匿此间?
览胜遇庶老[4],车单仆寥寥。
劝渠登一眺,仕途何迢迢。
须发重寒霜,云顶秘星空。

注:1.惊肺,指受新冠病毒攻击而受到惊吓的肺。

2.热汤,指温泉。

3.郁羁,因疫情羁绊不自由的郁闷心情。元好问《郁郁》:"郁郁羁怀不易开,更堪寥落动凄哀。"

4.庶老,离休老干部。

秋日登大南山即景

入秋海苍凉,近山意彷徨。
风摇嘉木落,云翻天际沉。
暮疾夜渐长,梦短日迷茫。
沉沉大城寐,漫漫雁征途。

满城风雨近重阳

满城风雨近重阳,独上南山瞰大湾。
疫霾山海遮老眼,寂寥雪龙卧胸间。
狼烟散去津尤锁,日落秋来是孤单。
自古江山多指点,春潮暮雪少清欢。

重阳登高

清秋羡菊寿,寒露湿杖履。
高蹈[1]归意少,故园茱萸多。
登临怯跂[2]北,风凋村树摇。
面海天色悦,再顾何愀然。

注:1. 高蹈,指远游。
2. 跂,qǐ,抬起脚后跟站着,即踮起脚尖。

寒 露

秋雨镇日¹落,闲坐上书房²。
岭南寒露绿,关中草木黄。
霜白梧桐叶,雁鸣人心伤。
惊鸿游子意,种麦或正忙。

村树日萧疏,楼林俱摩天。
生死尤荣枯,亲疏自冷暖。
荒丘藏孤冢,葳蕤生草萱。
愿溯长风去,朗月探渭川。

注:1.镇日,整天,从早到晚。曹雪芹《红楼梦》第三十四回:《题帕三绝(其二)》:"抛珠滚玉只偷潸,镇日无心镇日闲。枕上袖边难拂拭,任他点点与斑斑。"

2.上书房,本意是清朝皇子皇孙读书之所,此处指作者书房。详见本书收录的短文《为什么是"上书房诗话"?》

悼念戴师兄

秋风猎猎云暗淡,冷雨飘飘木愁颜。
噩耗初闻震心荡,幽幽出群独浩叹。
取径诗社度寒露,长歌当哭短歌行。
人生修短皆朝露,露晞品行驻平明。

题寒鸦摄秦岭晴山照

秋色喧喧[1]乱青眼[2],寸眸[3]邑邑[4]难见川[5]。
塬[6]上冷霭笼冬麦,汉陵[7]寒鸦投树巅。
萱[8]枯冊[9]年村井废,道故[10]千里鹜[11]花冠[12]。
江山否泰红码[13]遁,笑枕星河[14]醉舟眠。

注:1. 喧喧,犹赫赫,指声音喧闹等。这里指视觉上山中斑斓热闹的秋色。

2. 青眼,黑色的眼珠在眼眶中间,青眼看人则是表示对人的喜爱或重视、尊重(跟"白眼"相对)。这里表达对故乡关中平原的热切之情。

3. 寸眸,指代眼睛。语出左思《三都赋》:"八极可围于寸眸，万物可齐于一朝。"

4. 邑邑，忧郁不乐貌。《史记·淮南衡山列传》："人生一世间，安能邑邑如此！"宋梅尧臣《送通判黄国博入浙》诗："洗荡生前邑邑不平气，付与沧海之水随滔滔。"

5. 川，秦川，泛指秦岭以北关中平原地带。

6. 塬，我国西北黄土高原地区因流水冲刷而形成的一种地貌，呈台状，四周陡峭，顶上平坦。这里指渭北高地。

7. 汉陵，西汉帝陵，西汉十一位皇帝的陵寝，位于陕西省咸阳市、西安市境内的渭河平原。

8. 萱，萱草，又叫忘忧草。寓指母亲。

9. 卌，xì，数目，四十。

10. 道故，典出"班荆道故"，意为在地上铺开荆条，坐在上面共叙情怀。指老朋友相遇，共叙旧情。语出《左传·襄公二十六年》。

11. 鹜，鸭子。

12. 花冠，鸡。鸭子同鸡，各说各话。

13. 红码，因疫情限制使用的二维码，分红黄绿三种，表示持有人疫毒风险等级的高低。

14. 星河，夜空里的星群，银河。

梦沈墨

题记：辛丑霜降日子夜梦，观沈墨师兄作书，觉时所作。

宣铺含毫邈,势蓄神宇间。
墨泼书如画,沈墨透兰香。
转折入美境,平摆荡空灵。
劈皴溶万物,顿挫敛不羁。

跃然骨气动,尺素藏诗心。
洛神凌波苁,绝俗气孤迥。
缠绵倚金戈,笔花留芳踪。
谁言乐教丧,觉时韵绕梁。

读寒鸦《秦岭深深·秋思》

博士归田园,种瓜圭峰下。
绝食长安霾,自溺南山黛。
或言书生痴,谁解坎壈怀。
幸君未青云,虚室生幽兰。

赠张博士

寒鸦的秦岭漫游与田园兰居系列篇篇精品,是这个时代里难得一见的清泉活水。赞一个!胡诌一首打油诗相赠:

楠不偶盛世,性亦饮露人。
放浪圭峰下,虚室听闲兰。
不似沾沾者,学鹭声利欢。
或笑流俗逆,书生气犹酣。
种豆学元亮,刺讥步嗣宗。
诗文藏窖酒,青白画寒鸦。
驾言常漠北,鸢飞以泄忧。
遍访终南峪,指日遇仙翁!

出 恭

公园日现代,科技充满爱。
不分大小解,扫码皆两块。

无 题

朔风逐寒雁,残阳过荒湾。
翠微隔霾望,可怜硬头山。
瑟瑟花如雪,杳杳思星汉。
穷冬嗔凋敝,佢也不自由。
注:佢,读如"魁",粤语第三人称代词。

和马师兄《过米脂李自成行宫》

小米稀稠水火功,女子妍丑命运中。
顺风火暴难永昌,遇水太极大清隆。

和马师兄《过白城则》

单于夜遁雪山深,魂越千年铁木真。
荒冢累累金玉骨,牧童淋尿已无嗔。

注:白城则村位于统万城遗址旁边,其前身是公元413年建筑的统万城。统万城作为大夏国都15年之后,成为北魏以至唐宋600多年的北方军事重镇,改称夏州。

同韵和张兄

劝君莫谓此情苦,心向天涯人不孤。
漫漫征途寻梦路,一天星辰一车书。

同韵和王兄一首

先生览圣劝贤书,群经五洲言不孤。
真情忘我自由苦,岂忍成圣弃仕途。

五月廿二大南山遇蛇吞蛙

向晚人郁郁,独登大南山。
闲云依树杪,落日远孤鸢。
山静风渐爽,海晏月尚黑。
翠薇何所遽,蛇吞蛙方咽。
黑蜧杀气重,三步胆霜寒。
须臾尽入腹,缓遁颇悠闲。
草动踪迹没,心惊暮色沉。
回顾双城夜,寂寂久未欢。

注:蜧,lì,古书上记载的一种能兴云雨的黑色神蛇。

冬至杂感

冬至岭南飞雨冷,海暗舟阒畜鸣狂。
卌年龙兴疫霾暗,千里冰锢俱虚张。
生逢盛时崇侯虎,路目师道西伯汤。
群生驰念光明匾,或正迷茫或尤装。

宵雪满长安

宵雪满长安,翌旦觉尤寒。
巷陌无足迹,寒鸦嘎树巅。
俚城俱阒寂,人心各难安。
盛世何悸怖?年兽乃新冠。

圣诞日和贺君

八千里路云暗淡,五百年黄发圈点。
霾瘴问道深几许?世心猖勃海难宽。

题沈墨师兄故园新照

归燕燕于飞,合阳阳宅新。
门前桃灼灼,院后桂飘飘。
五月榴花烧,麒麟骑竹马。
欢声随笑影,日月伴陶陶。
九月榴实裂,人如月团圆。
一世多少爱,当时何陶然。
卅年归乡梓,鬓霜影茕茕。
花草自葳蕤,庭院自深深。
神影迷离意,风雪凛竹青。
虚室阒日月,子规伤椿萱。

题巡山寒鸦"满眼欢喜图"

朔风吹雁阵,飞渡深圳湾。
声断无意绪,忽忆咸阳原。
青青冬麦新,蔼蔼村树烟。
春雪封秦岭,共此一天寒。

无 题

旭日曲江暮,群生秦川凋。
感时疫色悸,恨别隔离伤。
西北孤怅望,哀鸣不胜删。
毕竟遮不住,萧萧渭水寒!

赠周师兄

梅最不匮诗,苦寒坐春风。
玄武步月冷,雨花晞阳暖。
横逸群雄骨,清气啸乾坤。
不妨暗香醉,惠风霾自开。

虎视寒春

海宴云翳日,山翠雾遮鸢。

疫去风乍暖,春来雪犹寒。
幽女足败兴,核酸尽心酸。
天盲愁黔首,长啸复悢然。

注:1.幽,指居家隔离。

2.天盲,指黎明前那段时间。唐朝诗人卢仝《月蚀诗》:"人命在盆底,固应乐见天盲时。天若不肯信,试唤皋陶鬼一问。"

3.悢然,悲伤惆怅貌。

春 愁

老眼逐飞蛾,日暮步寒林。
海空天漠漠,鸿蒙暗胸襟!
悒悒归纵酒,浩浩窗外忧。
夜深疏梦浅,凭谁话春愁。

欢迎党师弟入诗社

旧雨纷纷诗佳繁,新人楚楚句朴鲜。
初入诗群直须写,勿怯勿叩遣小姑。

观舞蹈"春夜"《只此青绿》

千里江山今朝酒,只此青绿万古春。
楚腰何须妒广袖,疏梦浑然客烟村。

对联两副

虎虎生威

长安疫去逢春盼春春无恙;
海内福来遇虎迎虎虎有财。

生龙活虎

疫去风乍暖　雁塔祥龙辞旧岁;
春来雪还寒　长安逸虎展宏图。

春夜凄雨

2022年2月20日0时起，石岩街道宝石南路94号、浪心南路3号楼由中风险地区调整为低风险地区。感于百姓深夜冒寒雨上街欢庆，作诗志之。

春霖入夜夜添寒，烈酒浇愁愁入眠。
美景无觅坐何喜？石岩疫减锣鼓喧。
幽晦浩叹皆寂寥，昼灯昏沉倒春寒。
惊雷终将破恶疫，莫叫铁码困黎黔！

春　衫

风振春衫阳渐残，浪掀暮气雁满天。
湲湙愁云一湾蓄，飒然鹰去不见帆。
卅年南渡北归客，白鹭上沙落马洲。
浩浩大潮云梦杳，淅淅微浪话从前。

诗,为谁而歌?

诗歌只是情绪载体。诗意的舴艋舟,载得动许多愁,却载不动什么都不错的理性。

少数人是在很年轻的时候就丧失了情绪,只好变得稳定,只好沉默是金;大多数人是随着岁月流逝才逐渐泄光了情绪。俗话讲:"老了,就没脾气了。"

诗人的情绪因为敏感而悲悯;因赤子情深而越夏入秋不凋零;也因为始终不忘逐光的初心,常常浸淫在时代的脉动里,因此很不稳定。

伟大的诗人席勒说,"有超越生命的价值"。诗人显然不同于常人,仅仅生活在自然与社会两个维度,诗人还拥有人的超越此二者的情感世界和精神领域。

诗有别才,这好比个人的尊严,虽为先天天赋,却也有高妙与拙劣之分。不过,以上书房老眼视之,人有活死人,诗亦然。有些人有些诗,在诗人肉身活着时名气很大,死了也就死了,这还算善终。可怜那些死了后遗臭、贻笑万年的,做鬼都不能得安生。

而好的诗人和诗歌,忠实于文字、苍生和时代,断然不会只忠诚于某一个特定团体——譬如传世的而不留名的诗经国风各篇,都在为诗人自己而歌,也为后人透露了一些远古时代未经修饰的隐秘讯息……

2019年11月3日

诗歌的灵感

诗论我看得不多。关于灵感的路数,大约各家都有一嘴,云里雾里,更是不懂得很。

但有一点个人体会,灵感只是诗人作诗的契机。机会是留给有准备的人。灵感,是诗人长期社会生活积累到临界点的小宇宙爆发的导火线。抓住了,文字滥觞,汪洋恣肆,不知所之。抓不住也是常常有的事情。得之我幸,失之我命。从这一点看,灵感像极了爱情。

文字本身也是有生命和灵魂的。据说当年"造字圣人"仓颉于"凤凰衔书台"造字的时候,"……天雨粟,鬼夜哭"(出自《淮南子·本经训》)。用现在的话说,就是造字的过程惊天地泣鬼神。诗歌创作的过程,排场就小了很多。连沐浴焚香都免了,甚至有时坐在马桶上就可完成草稿。诗歌创作,根本上是独具个性的文字与个性化诗人的学识、修养和人生积累耦合的过程,这个过程并不需要很长时间,但心灵自由至关重要。这个过程的结果常常出乎诗人意料。有这感觉就对了,这是诗人懂得了对文字谦卑敬畏。相反,一个诗人如果陷于世俗名利,羁于功利权势,自然会因为自由的让度而丧失这种谦卑与敬畏。很容易让作诗沦为才思敏捷的耍机灵抖包袱,做出来的诗便丧失了基于深刻性的共情,面目能不粗鄙狰狞?!

灵感,很重要,却是肤浅而单薄的。远非诗和诗人的全部。比灵感更重要的是,诗人必须勇敢地深入社会生活(最底层)而不是躲进书斋里做了腾云驾雾的神仙,但比深入底层疾苦更重要的是诗人在社会生活中对名缰利锁的自觉疏离与决然叛逆。诗人肯定是这样一种人,不管跟什么样一群人在一起,都会自觉置身于边缘。诗人才会斜着眼睛对着前呼后拥的尧帝高歌:"日出而作,日入而息,凿井而饮,耕田而食。帝力于我何有哉?"诗人永远警惕卷入狂热,永远拒绝成为群体中心,也一直自觉抵制乌合之众的魅惑和引诱。一句话,产生权力的地方就是诗和诗人的葬身之所、灵感的不毛之地。

人是群居动物。群体社会性的非理性特征,本质上决定了那些不具备自由的个体生命尊严无依,因此丧失灵感的精致机灵的批判性,随之也丧失成为真正诗人不可或缺的最重要品质。诗经是这样的,离骚也是这样的。

诗是距离政治最近的,哪怕是田园诗。因为诗人是离庙堂最远的人群,没有谁能比诗人更敏锐更清晰洞察政治。这其中的原因非常隐秘,但有一点大家有目共睹,那就是所有明争暗斗的政客天然都有一个共同的情敌——真正伟大的诗人。

那些不关心天下苍生、明哲般机智地回避一切敏感词语的人,还拿什么谈诗歌灵感呢?

2020年2月6日 于上书房

诗人的禀赋

诗人在我们这个古老民族的名声,时好时坏。个中原因,大家心知肚明。我就是因为给在世大诗人们的晃晃大作挤兑得无地自容,才重新拿起笔写诗的。眼见不得取道路经的这个时代,有太盛的浮沤。当然,也有不少禀赋优胜的诗人于一地鸡毛的琐碎生活中怀瑾握瑜,湮灭于时代喧嚣之中。

诗人桂冠,绝不在赢者通吃的满汉全席菜单里。作诗,需要禀赋。禀赋是什么?是贾宝玉落草时嘴里衔的那块玉,凝结天地至灵之气,有就是有,没有就是没有。非但假装不来,多高权力背书加持不来,苦读拿多高文凭也装点不来。这一点古人早就明白,"诗有别材,非关书也"。

写什么当然重要。谁说诗歌只能写私情,不能写生活的苦难和社会正能量之外的能量?翻开全唐诗,这些今人引以为豪、得以自信的诗歌,怕是有一半都是如此。关键是怎么写。中国人的老祖宗不是没有给后人划定道德底线,而是比世界上别的文明划了更多的底线。两千年前成书的《礼记》上说:"邻有丧,舂不相;里有殡,不巷歌。"作为一个诗人,其禀赋不在修辞与分行上见功夫,而在于守住人性之光,耐得住孤寂甚至恐惧。

诗人禀赋在词句层面的表现是,深情苍生,语出情起。古人所谓"一切景语皆情语"。《易水歌》:"风萧萧兮易水寒,壮士一去兮不复还!"言简,语白,却能于天愁地惨之间突兀壮士视死如归的悲情。因此是好诗。"泪眼问花花不语,乱红飞过秋千去。"人与花共情,落红的无限惆怅和感慨正与人同!也是好诗。张戒在《岁寒堂诗话》里说,"……诗人之工,特在一时情味,固不可预设法式也。"辞章之外,诗之韵味,岂是薄情寡义之人可得!

上书房遇到才情逼人的诗,就很高兴,点赞叫好。仿佛看到了青葱单薄的文字后面,天造的诗人气质与禀赋。因此鼓励他们坚持，祈祷他们善加保养，不致在日后他们所处的时代里，不堪粗粝生活的磨砺，流污洽俗，丧失弥足珍贵的灵性与精魂，辜负了皇天后土托付给他们"赞天地之化育"的神圣使命。

2020年1月3日于上书房

诗情浓淡

写诗要有情怀良知，这是常识。但也有例外，比如机器人写的诗，也会感动人。那是另外的情况，就是上书房说过的，语言文字本身是有灵魂的。不是程序厉害，是文字厉害。不信，让机器人写几行代码来读，看谁还能读得涕泪涟涟？

这里只说常识之下的诗情。子曰"思无邪"。作诗需要一些赤子纯情，要深情活在这世间。但其实情太浓之时，过于伤悲之处，都不宜作诗，也写不出好诗。《关雎》之美，是因为这首诗合于善，"乐而不淫，哀而不伤"（《论语·八佾》）。尺度非常重要，不论在时间或者空间上，诗与情还必须有一定距离。或者说诗人共情还不行，还要有一种自我观照的疏离感，才能写出好诗。这个度，就是诗歌艺术。太远了，淡漠稀疏，清汤寡水，轻浮无味；太切了，苦大仇深，稠迭连绵，沉重无韵。过与不及，都会令作品缺乏美感。

不同诗人处理感情的方式虽然不同，但同一时代感情经历大致一致。所以，老不写诗，浑然不觉口臭，也就没有诗意了；但若天天都写几首，大概也不会有太多好诗。上书房一直以为，好诗，可遇不可求。写出来，是诗人情感与文字的缘分；写不出来大可不必强求。无欲则刚，不把诗作为名利的敲门砖，自然会写出好诗。作诗三千，如果现世后人能记得住一句，就很成功了。

没人看，有关系吗？

你要想有，那就有吧。写下去，得你想得的一切。你若觉得没有，那就别理他人爱读不读，自管写下去。做自己喜欢做的事情，乐在其中，是不会追求回报的，不是吗？

不管有还是没有，几乎全部诗人大概在绝大部分时间都是相当边缘的一种人吧。诗人，享受你的散淡与寂寞吧。

2021年3月12日于上书房

谈谈"诗无达诂"

训诗诠文，实际上是掘坟剖尸。

那些创造美的生命或已湮灭，或因境况的不得已而沉默。只留下充满生机的优秀作品，仿佛作者优雅灵魂的魅影，依然如水月雾花，氤氲着文字构筑的文化大观园遗迹。

古人有"诗无达诂"之说，应该是指一首诗写得好的地方，情景交融，意境深远，生机沛然，令人读罢大有得鱼忘筌之慨，无法用语言完全解释得了，也说不清楚。这种情况确实是存在的，这源于诗歌靠意象表达诗人当时心里的情感、情绪和情志。

但不可以因此把"诗无达诂"——诗歌没有确切的解释——理解为公说公有理，婆说婆有理的家长里短，更不应为了实用功利就羊头狗肉地相安于完全对立的解释。卡夫卡曾说过，"注释者肯定地说，对现象的正确理解和不正确的理解是互不排斥的……作品本身是不变的，因而对它的注释乃是绝望的表现。"

罗曼·罗兰说："能用一个定义全面概括的作品，都是毫无生命的死物。"如果生拉硬拽，决意把一首诗工具化，作功利诠释，其实是对作品的蹂躏和对作者的冒犯。庄子在《秋水》中借北海之口对河伯说，"言之所不能论，意之所不能察致者，不期精粗焉"。庄子这话大约也可以概述诗意之美，美得不可方物。

所以，一定要用一个解释去统一对一首诗的认识，肯定是别有用心的，要格外警惕了。

现在上过中学或者有过农村生活经验的人都能明白《诗经·魏风·伐檀》是一首愤怒抨击不劳而获的剥削者的"刺"诗。诗中一唱三叠的"彼君子兮，不素餐兮"是一种强烈的冷嘲热讽。但董仲舒以"诗无达诂"为借口，强行化"刺"为"美"，说这是歌颂了统治阶级的"君子"当仁不让地"先其事，后其食"的美德，君子们是绝对不会尸位素餐的。只顾讨好主子，把好好一首诗整得衣衫凌乱，面目全非；强暴了（至少在精神和情感上）在当时崇尚自由之风的周民。

诗毕竟不是散文。绝大多数散文絮絮叨叨总想向别人说清、解释或者证明点什么。诗，却只关照和投射诗人自己的精神情感世界，别人你爱读不读，爱懂不懂。所以，从这个角度讲，读者很难真正抵达诗人的精神情感世界。但这并不是说一首诗可以基于隐喻象征和比兴之外的原因而被当作多种毫不相干甚至完全相反的一言以蔽之。如果这样，那基本可以断定，这诗就不再是一首好诗了，自然也就不值得费神去苦苦探究。是好诗，一定在出生入死那一刻，命里就有一个确切的丰富情感落在一个特定的时空。好的诗不会为了给人美感甘愿放弃情感的确定性。这种确定的情感必须是要融入意象的丰盈，而并非抽象的概念，更不可能是面目狰狞横冲直撞的标语和口号。实际上，在历史上读诗训诗的大多是不写诗的御用文人，因此隔靴搔痒拉杂胡扯的居多。

语言是有生命的，尤其是诗歌语言。因此训诗要遵循语言内在的生命逻辑。初唐四杰王勃的"无为在歧路，儿女共沾巾"中的"儿女"。如果只从字面把它诠释为"男女之间的儿女私情"，不顾死活地生搬硬套，就走进死胡同了。《后汉书·来歙传》："今使者中刺客，无以报国，故呼巨卿，欲相属以军事，而反效儿女子涕泣乎！"王勃诗中"儿女"应该化自此"儿女子"，指涉世未深、不够练达的多愁善感之脆弱孩子。

另外，关于古人的友情，现代人不可自况。有历练的朋友大多有送别体验，就容易理解和体会这句诗："杨子见歧路而哭之，为其可以南可以北。"歧路，代表的是选择的不确定性带来的忧虑、沮丧，以及不得已而分道扬镳的悲哀。与亲友分别，这在古代实际上是生命在时空间维度的歧路。那时交通通信非常落后，往往一别即成永诀，因此古人很重视空间上的疏离。"桃花潭水深千尺，不及汪伦送我情。"古人在分别之际，经常会很正式地抒情赠诗。当然，王勃诗里也暗藏有他胸怀恢宏、志向远大的精神境界。

既然"诗无达诂"一贯作为装神弄鬼的法器被权势所用。

那么，在生活中，对于江湖上一些罔顾道义是非、只看利害得失的说三道四，也就不以为怪了。

2022年3月24日

诗如爱情

诗歌创作一旦开始，语言滥觞，卸载掉世俗理性，径自流淌，冲破信念与价值判断这些目的性确定的束缚——因为艺术语言本身就是——不再患得患失。词汇和使用的偏好，形成艺术作品风格，进而划定艺术家风格，所以风格不可复制。

和别的艺术门类一样，诗歌创作必定是私人而个性的。在这个意义上，诗歌如爱情。《诗经》中的国风各篇，都是个体周民的自娱自乐。——那个时代没有特定机构为诗人提供饭碗。

诗绝不是为了服务什么而作，就像山间明月，涧边幽草，顺时而生，应季而枯，自生自灭，你爱看不看，因为压根就不是为着给你看才生灭的。急吼吼给人看的是散文（包括哲理诗），绝大多数散文因为太强的说教让它丧失了进入艺术殿堂的气息、气质和资格。

后　记

　　《火焰化石》是我的第一部诗歌选集,选自保留下来的1985年到2022年的诗稿,时间跨度超过三十年。所选尽量做到各阶段都有,又偏重2015年后的新作。从内容看,主要是爱情、亲情、故乡以及其他社会生活作为主题。这本诗集分上下两册,上册《穿越热寂的爱》收录的全部是现代诗;下册《春天的距离》分两个部分,一部分是现代诗,另一部分是近年所作古诗和近体诗,选录在《上书房诗话》里。这部诗集基本反映了我在不同时期诗歌创作的情况。

　　我热爱诗歌,少年时代开始写诗。学诗从唐诗、宋词、诗经、楚辞开始,青少年时期有过一次诗歌创作高峰,大学期间与人出版过诗歌合辑。毕业走上社会,特别是20世纪90年代下海深圳后,为生活所迫,辗转漂泊于多个行业打工创业讨生活,一度疏离了诗歌。2000年后约有十年时间,更是极少写诗,甚至都不再读诗。古人言:"三日不读诗,便觉口臭。"我就是那个自己不觉"嘴臭"、沉浮于物欲深圳的打工仔。

　　四十年来,一批一批从内地下海深圳的人当中,许多人是为了高薪而去的。但作为人,正如"伟大的天才般的诗人"、大悲剧作家席勒所说:"生命不是人生最高的价值。"人类曾经一次次发现超越生命的价值真实存在,并且前赴后继总有人愿意用牺牲个人幸福甚至生命证明至真、至美与最高的善的存在；总有超脱世俗物欲带给人心的悲伤与欢乐，因此也总有人在虚空之中追寻生命的意义。

于我而言，只是觉得人活到一定年龄，也许会慢慢明白，取悦世界是一种愚痴。经历尘世种种后，或迟或早，人终究是要回归个体生命本我，把在精神层面取悦自己当作自然和重要的事情。"荡涤放情志，何为自结束！"这道理很早古人就明白了，我是用了二十年才懂。写诗就是我取悦自己、"放情养志"之所。可惜商海沉浮，青葱岁月早已悄然远遁。直到2015年某日于海滨散步，看着苍茫海面，似有所悟。是时候了，该着干点自己真心喜欢干的事情了。我要写诗，只为在不多的余生取悦自己。

说起来似乎很容易。旧梦重温，尚且不易，况且远比做梦艰难很多的作诗，岂是说做就能做的？不过，对于像我这样习惯了在大海里讨生活的人，平生所历"没有一桩事情是容易的"。一个从未接受过系统美学训练和文艺理论滋养的人，混迹商海多年，与孔方兄过从甚密。忽然要接茬写诗，很觉着自己一身铜臭，没了底气。更不自信的是，心里其实很清楚诗歌艺术的深度与难度，甚至超过了追求爱情，懂得困在语言的穷途末路，徘徊于词语的密林里，诗人内心深深的绝望与沮丧，那可绝非把诗写完就能得到解脱的。

不过，这次我也一样，没有知难而退。

我想最真实的原因恐怕是担心在死的时候，不能像司汤达一样说："活过，爱过，写过。"其次，自感身处一个大潮初歇后云谲波诡的大时代，吹着前海的风，作为个体有责任在生活现场用诗化语言为将来做一点情绪记录：喜悦、欣慰、幸福、愉快、惊喜和激动，以及迷惑、茫然、失落、忧郁、悲伤与愤怒,等等。再者,这些年来不断加深的阅历和感受力,让我面对周遭发生的一切,经常电石火光般闪现诗意灵感,在奔流的脑海中有如生猛过江之鲫,闪着活泛的鳞光,令我心襟荡漾,情不自已,成为催促我重新执笔源源不断的动力。那些不写出来不足以平息和释怀的胸臆,终于帮我坚持了下来。

好在写诗无须持证上岗,也无须正襟危坐动用整块时间。我常常利用短休、午餐、等车、乘车、走路、睡前或者其他闲暇的时间写诗。因此可以说,我的诗充满了人间烟火气,也多是二三十行以内的短诗。这让我写起诗来,不仅没有压力,反倒释放了生活工作的压力。于别人或许是垂钓、麻将、K歌、广场舞;在我不过换了一种方式:作诗。再者,因为学非文学相关专业,就算写不出惊天地泣鬼神的伟大诗篇,似乎也是意料中的事情。这也是我一直强调自己是业余非著名诗人的原因。

谋食不拘行业,另有手段,写诗却三十年如一日坚持一个姿势和眼神。足见我的作诗,纯属个人志趣爱好,于谋生无涉。我不会被诸如养家活口和作诗的从属或依附关系此类问题困扰。我以为,这一点于一位诗人而言,至关重要。诗人得先要解决好吃饭问题,免除谋食的口腹之欲对情感言说之嘴的绑架,得以涵养浩然正气(自由意志)和自己别致的个性气质(独立人格),获得了精神上的自由,才有可能以真性情创作出反映时代的好诗。

一旦获得写作的自由,才发现自己竟然是一个多产诗人。另外,修改整理旧作,我把过去三四十年的感情和精神活动进行反刍,以文字呈现出来,获得了丰硕的生活馈赠,收获了个体生命在物质世界里无法感受得到的满足与成就。我相信同时代的人中与我有相同感受的人总是会有,自然希望我的感受被或远或近的知音捕捉和获取，在另一个与我一样冒枪林箭雨向着生活进攻的个体心灵上引起共鸣。

这本诗集取名《火焰化石》是因为在我的生活和诗歌创作实践中，一直有一个伤感而浪漫的意象常常浮现：时空悠远的过去，宇宙热寂初歇，漆黑一片。只有一团猛烈燃烧着的人的真心真情和真知真识的烈焰，在寂寞悠久的岁月里慢慢变成一块温暖、温柔、纯净和明曜的火焰化石。她是人与生俱来追求光明和自由的初心；她是伴随人一生的亲情、爱情与友情；她是人生追求真善美源源不断的内在驱动。"指穷于为薪，火传也，不知其尽也。"人的生命就像蜡烛与柴炭的燃烧，是有限的，但火的传递却是无穷无尽的。人类世世代代一路薪火相传下来的，并非苟且于眼见为实的一堆速朽之物，也绝非使人困滞于一团鼠首痛苦与无聊两端的欲望，而是只存在于人的精神之域并照亮人灵魂的一块火焰化石。

漫长岁月里，在整个人类情志的火焰经由个体薪火传承的过程中，爱情和母爱承担了全部工作。爱情就像外焰，自由、纯净、炽热，代表了自由自然的生命之美；母爱就像内焰，恒久、光耀、煦暖，确保着纯真生命生生不息的至善。爱情是母爱亲情经由赤子之心的嫡传。那种"猎之狂狂，一朝得手，又恨之狂狂"的私欲满足远不足以定义高贵的人的爱情！爱情不仅涵盖了精神肉体的需求之爱和母爱般无私的给予之爱，还有对在钟情对象身上发现的至美灵肉的欣赏、迷恋、惊叹和祝愿。真正刻骨铭心爱过一场的人，其实是走完了人类整个文明历程的人，会透过恋人看到深藏在自己心底的"火焰化石"，从文静到狂野，炽热而明耀！燃烧着的是人类永恒终极追求，也是人类文明在这个冰冷坚硬的世界上不断进步的光热动力之源。人来到这个世间，心渐渐为物欲蒙蔽，生命在日复一日被物化的过程中习惯了任其摆布，不觉堕入物欲渊薮，再也看不见世界身后生命的无限与永恒，一点一点疏离了这团恒久的生命之火——火焰化石。

因此，从某种意义上说，爱情对于任何人而言，都是一次救赎，一次千载难逢的正知与深情觉醒的良机。这世间很多事都可以奋斗得来，比如金钱、权力、美色，再比如自由、尊严和独立，唯独爱情不能。爱情是生命的一种，有种子，要发芽，能生长，可开花，会结果。也唯有爱情，才可以替人从滚滚红尘、芸芸众生之中呈现深埋于岁月之下的这团生命之火。当爱情悄然莅临，面对尘世幸福与穿透生死的灵魂之光，人其实只需要勇敢和无私。懦弱自私或者患得患失必将错失一切，抱憾终身！特别是年轻人要大胆追求、勇于付出，善良地执守所爱，就必能在只此一次的生命里遇见梦想成真的无限美好。

这团燃烧在人间的真爱之火，深埋在漫长黑暗的人性兽欲之渊底。在悠悠岁月里化作了一团火焰的化石，一旦重见天日，她依然光焰如初：温暖、温柔、纯净、明亮。这真爱之火，便是诗意，便是真正的诗人的灵魂之恋。

感觉并触摸过这诗意灵魂的我，却并非一个擅长表情达意的歌者。正如好友寒鸦先生在《火焰化石》的序文中一语中的，"……侯君诗歌在语言方面的艺术性可能有所不足，但已经微不足道了。"寒鸦的文章不容我置喙，但这里的"可能"可以删掉了；而且当真是"微不足道"的吗？显然不是！但我把这重要的不足视为严厉的鞭策，也当成自己的巨大潜力。

刘继庄在《广阳杂记》里说，"驴鸣似哭，马嘶如笑"。那么，一路驴跟马跑下来，我做的这些诗不免幼稚，在方家眼里，也许非驴非马，让人哭笑不得。的确，这压根算不上什么成就。只有我自己知道，从我的诗歌创作历程和青春记忆角度看，这本诗集只是作为我毕生所追求理想人生的精神简史：追求真心所爱，和自己真心爱的人生活在一起，做着自己真心想做的事情。

对照流行标准，我不只绝对算不上是一个成功人士，反倒更像是一个 loser。而且，确切地说是一个在诸如高考、恋爱和创业等很多重大人生问题上屡屡失败的人。但必须真诚地承认：尘世间，我也是一个幸蒙上苍眷顾和垂青的卑微小人物；上苍让我早年的命运确实坎坷多舛，却也因此之后在别的方面给了我超额的美好补偿。《火焰化石》收录的绝大部分诗作堪称如题，所抒情感真挚、炽热、自然；但所依附的叙事或有虚构。诗歌，毕竟只是作为文学创作的个人精神活动过程的结果，当作诗人个人情史去读，当然会跑偏的。不过，围绕"火焰化石"这一主题，这本诗集也确实收录了好些情诗。有些作品在网上或者作者本人微信公众号"上书房诗话"上也曾经刊发过。因为急于跟读者诗友在艺术维度做全面交流切磋，也就索性不顾"语言艺术性方面的不足"，见笑方家了。

正因为人生而卑微，生命才不能在精神情感上没有诗意；才不能在肉体空间上没有远方。所有单调乏味的日子必定沉没于我们身后，只有诗歌永远奔向远方，带着追求自由的生命最本质的意志。正如《神曲·天堂》第五篇中贝亚德所说，"上帝在创造的时候，最大的赠品，最伟大的杰作，最为他所珍贵的，就是那自由意志。"既然人一生下来，就是在度越来越短的余生，那么人还有什么好惧怕的呢？特别是年轻人，一定要听从自己内心的呼唤，哪怕是离经叛道，也要在所不惜。因为发自你内心深处的声音，是来自未来的你的召唤，未来的你不想让你在此生留下遗憾。你必须大胆选择自己真心想做的事，而非不得不做的事；大胆追求和善待自己真心所爱的人，而不是不得已必须接受的人。你要克服一种误解：人是活给这个世界的。不！人是活给自己的。只有活给自己，你才能感觉到发自心底的人之为人的个体尊严，也会理解为什么那些丧失了自我的人更愿意搭伙成群，对面子孜孜以求，因为他已无法得到尊严。在短暂一生中，让一个人能真正钟情的人和事其实非常非常少。不必勉强和委屈自己去努力让人人都满意。你要先让自己满意，这绝非自私的基因作怪，而是你在坚守一种对生命价值的务实态度和立场，代表着人性之善良与真诚。你要勇敢地做回你自己！面对生活，不要畏惧。不论是人或是事，恰恰是那些能让你在渴望中深深绝望的，才是值得你倾注全部的生命热情去追求和热爱的。

这本诗集的出版历时两年，在疫中几经波折，最终得以面世。我首先要感谢我亲爱的母亲。我母亲离开这个世界已经三十九年，是母亲给了我诗意生命，教会我懂爱敢爱，也教会我独立、自尊、正直和勇敢。这是我诗歌的生命底色。没有母亲在我童年时赋予的精神情感滋养，我肯定会错过后来在我青春爱情中熊熊燃烧的"火焰化石"；自然也不会写下半句诗。我也要感谢我深爱的妻子，是她充满生命智慧地一直引而不发，最终赐予我爱情琼浆，在渴望和绝望之间淬炼和锻造了我，成就了我诗意浪漫而孤独悲伤的青春。并和我一起为爱赋予生命，让火焰化石的光热得以继续在人间传承。感谢我亲爱的妻子在漫长而平凡的日子里对我的无尽关爱与支持！

我要专门真诚感谢我少年同窗、现于某知名大学供职现代文学教授的寒鸦先生，他也是我非常欣赏的一位现代诗人，自己创作并大量翻译外国现代诗歌，是与我远隔着岁月沧桑却依旧志同道合的良师益友。由于我的真诚请求，寒鸦先生在没有看到我全部诗稿的情况下，就被迫答应为我的诗集作序。非常感谢！在此也感谢当代著名书法艺术家沈墨先生为这本诗集题写书名，并感谢那些在我年轻时曾经贸然闯入过的青春生命，谢谢你们！

  正是有以上这么多的爱滋养和温暖着我，用他们生命的美好点燃和照亮了我，激励我在后来的艰苦岁月里能够坚韧耐烦地一路走过来，走出今天回首时自己都颇感意外的人生，这又让我着实心生感恩。我将顶风冒雨，不忘初心，在余生继续向着光明、自由和爱，勇敢坚毅地在诗的王国笃定前行，直到心中这块"火焰化石"再一次穿越热寂而去……

2022年4月10日